노인과 바다

휴머니스트 세계문학 016

노인과 바다

THE OLD MAN AND THE SEA

어니스트 헤밍웨이 | 황유원 옮김

차례

일러두기

1. 번역 대본으로는 Ernest Hemingway, *The Old Man and the Sea*(Arrow Books, 1994)를 사용했다.
2. 주석은 모두 옮긴이 주다.
3. 본문 중 굵은 글씨는 원서에서 이탤릭체로 강조한 부분이다.

찰리 스크리브너와
맥스 퍼킨스에게●

● 찰리 스크리브너는 출판사 '찰스 스크리브너스 선스'의 대표, 맥스 퍼킨스는 헤밍웨이의 담당 편집자다. 퍼킨스는 1947년에, 스크리브너는 《노인과 바다》가 출간되기 몇 달 전인 1952년 2월에 세상을 떠났다.

그는 멕시코 만류에서 조각배를 타고 홀로 고기잡이하는 노인이었고, 고기를 한 마리도 잡지 못한 지 이제 팔십사 일이 흘러 있었다. 처음 사십 일 동안은 한 소년이 그와 함께했다. 하지만 고기를 한 마리도 잡지 못한 채 사십 일이 흐르자 소년의 부모는 노인이 이제는 정말 영락없는 '살라오', 즉 누구보다 운 나쁜 사람이 되어버렸다고 소년에게 말했고, 소년은 부모의 명령에 따라 다른 배를 타고 나갔는데 그 배에서는 첫 주에만 좋은 고기가 세 마리나 잡혔다. 노인이 매일 빈 배로 돌아오는 것을 보며 소년은 슬퍼했고, 그래서 늘 아래로 내려가 똘똘 감긴 낚싯줄이나 갈고랑이, 작살, 돛대에 말아놓은 돛 따위를 나르는 노인을 도왔다. 밀가루 부대를 덧대어 기운 돛은 둘둘 말려 있었는데, 그 모습이 마치 영원한 패배의 깃발처럼 보였다.

노인은 몹시 야윈 데다가 목덜미에는 깊은 주름이 패어 있었다. 두 뺨에는 열대지방의 바다에 반사된 햇빛이 만들어낸 가벼운 피부암으로 인해 갈색 반점들이 번져 있었다. 반점들은 얼굴 양쪽 훨씬 아래까지 이어졌고, 양손에는 낚싯줄에 걸린 무거운 고기를 끌어 올리느라 생긴 상처들이 깊게 주름져 있었다. 하지만 이 중 그 어떤 상처도 새로 생긴 것은 아니었다. 전부 고기 한 마리 없는 사막의 침식지형처럼 오래된 상처들이었다.

그의 모든 게 오래된 것이었지만 두 눈만은 예외였는데, 두 눈은 바다와 똑같은 색이었으며 패배라고는 모르는 기운찬 눈빛이었다.

"산티아고 할아버지." 소년은 조각배를 끌어 올려놓은 둑을 오르며 노인에게 말했다. "이제 할아버지랑 다시 일할 수 있어요. 돈을 좀 벌었거든요."

소년에게 고기잡이를 가르쳐준 사람은 노인이었고, 소년은 노인을 사랑했다.

"아니다." 노인은 말했다. "너는 운 좋은 배에 타고 있잖니. 계속 거기 있으렴."

"하지만 팔십칠 일 동안 고기를 한 마리도 못 잡다가 그 후로 저랑 같이 삼 주 동안 매일 큰 고기를 잡은 적도 있었잖아요."

"그랬었지." 노인이 말했다. "네가 나를 못 미더워해서 떠난 게 아니라는 건 나도 알고 있단다."

"떠난 건 아빠 때문이었어요. 저는 아이라서 아빠 말에 따라야 하니까요."

"나도 알지." 노인이 말했다. "아주 당연한 일이야."

"아빠는 믿음이 부족해요."

"그래." 노인이 말했다. "하지만 우리는 믿음이 있지. 안 그러니?"

"물론이죠." 소년이 말했다. "제가 테라스에서 맥주 한 잔 살 테니 어구는 그 후에 같이 나르면 안 될까요?"

"안 될 게 뭐 있겠니?" 노인이 말했다. "같은 어부끼린데."

두 사람은 테라스로 가서 앉았는데, 많은 어부가 노인을 놀려댔지만 노인은 화내지 않았다. 좀 더 나이 든 어부 몇몇은 노인을 쳐다보며 슬퍼했다. 하지만 그들은 내색하지 않은 채 해류가 어떠했으며 낚싯줄을 얼마나 깊이 내렸는지, 계속되는 좋은 날씨와 자신들이 본 것들에 대해 점잖게 이야기를 나누었다. 그날 성공을 거두고 벌써 돌아온 어부들은 잡아 온 청새치를 손질까지 끝내고 널빤지 두 개에 기다랗게 올려놓고는 각각의 널빤지 끝에 두 명씩 달라붙어 비틀거리며 수산물 시장으로 옮겼고, 거기서 그것을 아바나•의 시장으로 실어 갈 냉동 트럭을 기다렸다. 상어를 잡은 어부들은 그것들을 작은 만(灣) 반대편에 있는 상어 공장으로 옮겨놓은 후였는데, 공장에서는 그것들을 도르래에 매달아 간을 제거하고 지느러미를 잘라내고 가죽을 벗겨낸 다음 살을 토막 내서 소금에 절였다.

바람이 동쪽에서 불어올 때면 상어 공장에서 나는 냄새가 항구를 가로질러 풍겨왔다. 하지만 오늘은 바람이 북쪽으로 방향을 틀었다가 잠잠해진 탓에 희미한 냄새만 날 듯 말 듯 했고, 테라스는 밝게 햇빛이 드는 가운데 쾌적했다.

"산티아고 할아버지." 소년이 말했다.

"응." 노인이 말했다. 그는 맥주잔을 든 채 여러 해 전의 일을 떠올리고 있었다.

"제가 나가서 내일 쓰실 정어리를 구해다드려도 될까요?"

"아니다. 가서 야구나 하렴. 나는 아직 노를 저을 수 있고, 그물은 로헬리오가 던져줄 테니까."

"제가 구해다드리고 싶어요. 만일 할아버지와 함께 고기를 잡을 수 없다면 다른 어떤 식으로든 도움이 되고 싶어요."

"이렇게 맥주를 사주었잖니." 노인이 말했다. "너도 이제는 어른이 다 됐어."

"할아버지가 저를 처음 배에 태우고 바다로 나갔을 때 제가

● 쿠바 공화국의 수도이자 서인도제도 최대의 항구도시.

몇 살이었죠?"

"다섯 살 때였는데, 그때 내가 너무 팔팔한 고기를 건져 올려서 녀석이 배를 거의 산산조각 낼 뻔한 바람에 하마터면 네가 죽을 뻔했지. 기억나니?"

"녀석이 꼬리를 철썩거리며 쿵쿵거려서 가로장•이 부러졌던 거랑 녀석을 몽둥이로 요란하게 두들겨 패던 소리가 기억나요. 할아버지가 젖은 낚싯줄이 똘똘 감겨 있는 뱃머리로 저를 밀치다시피 했던 것, 배 전체가 떨리던 느낌, 할아버지가 마치 나무를 찍어 넘기기라도 하듯 녀석을 몽둥이로 요란하게 두들겨 패던 소리와 제 온몸을 뒤덮었던 달콤한 피 냄새까지 기억나요."

"정말 그게 기억나는 거니, 아니면 내가 말해줘서 아는 거니?"

"저는 할아버지랑 처음 바다로 나갔을 때부터 일어난 일을 모두 기억해요."

노인은 햇볕에 그을린 두 눈에 확신과 애정을 담은 채 소년을 바라보았다.

"네가 내 아들이라면 너를 태우고 바다로 나가서 모험을 한번 해볼 텐데." 노인이 말했다. "하지만 너는 네 아버지와 어

• 가로로 건너지른 나무 막대기로, 배에서 노 젓는 사람이 앉는 자리.

머니의 아들이고, 지금 너는 운 좋은 배를 타고 있어."

"정어리를 구해 와도 될까요? 미끼 네 개를 구할 수 있는 곳도 알고 있어요."

"오늘 쓰고 남은 미끼가 있어. 소금에 절여서 상자에 넣어 두었단다."

"신선한 걸로 네 개 구해 올게요."

"하나만." 노인이 말했다. 그는 희망과 확신을 잃은 적이 단 한 번도 없었다. 그런데도 이제 그 희망과 확신은 산들바람이 불어올 때처럼 다시금 새로워지고 있었다.

"두 개요." 소년이 말했다.

"그럼 두 개." 노인이 동의했다. "훔친 건 아니겠지?"

"그럴 수도 있었죠." 소년이 말했다. "하지만 이건 제가 산 거예요."

"고맙구나." 노인이 말했다. 그는 너무 단순한 성격이어서 자신이 언제부터 겸손해졌는지 생각해본 적도 없었다. 하지만 그는 자신이 겸손해졌다는 걸 알았고, 그것이 수치스러운 일은 아니며, 그 때문에 진정한 자부심을 잃게 될 일도 없다는 걸 알았다.

"해류가 이대로라면 내일은 날이 좋겠구나." 노인이 말했다.

"어디로 가시게요?" 소년이 물었다.

"바람이 바뀌어서 돌아오기 전까지는 최대한 멀리 나가야지. 날이 밝기 전에 나가고 싶구나."

"저도 배 주인아저씨더러 멀리 나가서 고기를 잡자고 말해 볼게요." 소년이 말했다. "그러면 할아버지 낚싯바늘에 정말 큰 놈이 걸렸을 때 우리가 가서 도와줄 수 있을 테니까요."

"그 친구는 너무 멀리 나가서 고기잡이하는 걸 안 좋아하잖니."

"맞아요." 소년이 말했다. "하지만 저는 주인아저씨가 못 보는 무언가, 이를테면 고기를 쫓는 새의 움직임 같은 걸 보게 될 테고, 그러면 만새기를 쫓아 멀리까지 나가게 할 수 있어요."

"그 친구 눈이 그렇게 안 좋아?"

"거의 눈먼 사람이나 다름없어요."

"이상한 일이로구나." 노인이 말했다. "그 친구는 한 번도 바다거북을 잡으러 나간 적이 없는데. 그 일을 해야 눈이 나빠지거든."

"하지만 할아버지는 모스키토 해안• 근처에서 몇 년 동안이나 바다거북을 잡았는데도 눈이 좋으시잖아요."

"나야 별난 노인네니까."

"그런데 할아버지는 정말 큰 고기를 낚을 힘이 아직 있으신

• 온두라스 북동부 파투카강 어귀에서 니카라과 동부 블루필즈만까지 이어지는 해안.

가요?”

“아마도. 게다가 요령도 많이 알고 있으니.”

“이제 어구를 집으로 옮겨요.” 소년이 말했다. “그래야 제가 투망을 가지고 정어리를 잡으러 갈 수 있으니까요.”

두 사람은 배에서 어구를 집어 들었다. 노인은 돛대를 어깨에 멨고, 소년은 단단히 꼰 갈색 낚싯줄을 똘똘 감아 넣은 나무 상자와 갈고랑이, 자루를 단 작살을 들고 갔다. 미끼가 든 상자는 큰 고기를 배 옆으로 끌어당겨 제압할 때 쓰는 몽둥이와 함께 조각배의 선미 아래에 나란히 놓아두었다. 노인의 물건을 훔쳐 갈 사람은 아무도 없겠지만, 돛과 무거운 낚싯줄은 이슬을 맞으면 상하기 때문에 집으로 가져가는 편이 나았고, 노인은 자신의 물건을 훔쳐 갈 마을 사람은 없다고 확신하면서도 갈고랑이와 작살을 배에 남겨두면 괜히 쓸데없는 유혹을 불러일으킬 수도 있다고 생각했다.

두 사람은 함께 길을 걸어 올라가 노인의 오두막에 도착해서 열린 문으로 들어갔다. 노인은 돛이 말린 돛대를 벽에 기대어놓았고, 소년은 상자와 다른 어구를 그 옆에 내려놓았다. 돛대는 거의 오두막의 단칸방 길이만큼이나 길었다. 오두막은 ‘구아노’라고 불리는 대왕야자수의 질긴 싹 껍질로 만들었는데, 그 안에는 침대와 식탁과 의자가 하나씩 있었고 흙바닥에는 숯불로 음식을 만드는 공간이 있었다. 구아노의 튼튼한 섬유질 이파리를 납작하게 누르고 겹쳐서 만든 갈색 벽에는 예수 성심(聖心) 채색화와 코브레의 성모상• 채색화가 걸려 있었다. 그것들은 그의 아내가 남기고 간 유물이었다. 한때 벽에는 색조를 더한 아내의 사진도 걸려 있었는데, 그 사진을 볼 때마다 너무 외로워진 그는 그것을 떼어버렸고, 그것은 이제 방구석 선반 위의 깨끗한 셔츠 아래 놓여 있었다.

"드실 건 있나요?" 소년이 물었다.

"생선을 곁들인 노란 쌀밥 한 냄비. 너도 좀 줄까?"

"아뇨. 전 집에 가서 먹을게요. 불 좀 피워드릴까요?"

"아니다. 내가 나중에 피우마. 아니면 그냥 찬밥을 먹어도 되고."

"투망 가져가도 돼요?"

"물론이지."

투망은 없었고, 소년은 그것을 언제 팔았는지도 기억했다. 하지만 두 사람은 이런 꾸며낸 이야기를 매일 되풀이했다. 노란 쌀밥과 생선을 담은 냄비도 없었고, 소년은 이 또한 알고 있었다.

"85는 행운의 숫자야." 노인이 말했다. "내가 내장을 빼고도

• 쿠바의 엘 코브레 마을에 모셔진 성모상으로, '코브레의 성모'는 쿠바의 수호성인이다.

450킬로그램이 넘는 고기 한 마리를 잡아 오면 어떨 것 같니?"

"저는 투망을 가지고 정어리를 잡으러 갈게요. 할아버지는 문간에 앉아서 햇볕을 쬐실 건가요?"

"그래. 어제 신문이 있으니 야구 기사나 읽어야겠어."

소년은 어제 신문도 꾸며낸 이야기인지 아닌지 알 수 없었다. 하지만 노인은 정말로 침대 밑에서 신문을 꺼냈다.

"보데가•에서 페리코가 주더구나." 노인이 설명했다.

"정어리를 잡으면 돌아올게요. 할아버지 것과 제 것에 얼음을 채워둘 테니 내일 아침에 나누기로 해요. 돌아오면 야구 이야기나 좀 들려주세요."

"양키스는 지지 않아."

"하지만 클리블랜드 인디언스라면 신경이 쓰여요."

"얘야, 양키스를 믿으렴. 위대한 디마지오••를 떠올려봐."

"저는 디트로이트 타이거스랑 클리블랜드 인디언스 둘 다 신경이 쓰여요."

"조심하지 않으면 신시내티 레즈랑 시카고 화이트삭스까지 신경 쓰게 생겼구나."

"잘 읽어보시고 제가 돌아오면 이야기해주세요."

• '식료 잡화점', '술집' 등을 뜻하는 스페인어.

•• 뉴욕 양키스의 외야수이자 강타자로 활약했던 조 디마지오(1914~1999).

“끝자리가 85인 복권을 한 장 사는 게 좋겠다고 생각하니? 내일이면 팔십오 일째야.”

“사도 괜찮죠.” 소년이 말했다. “하지만 할아버지의 최고 기록인 팔십칠 일은 어쩌고요?”

“그건 다시 없을 기록이야. 끝자리가 85인 복권을 구할 수 있겠니?”

“주문하면 되죠.”

“한 장만. 그럼 2달러 50센트야. 누구한테서 그 돈을 빌리지?”

“문제없어요. 2달러 50센트쯤은 제가 언제든 빌릴 수 있으니까요.”

“나도 빌릴 수는 있을 것 같구나. 하지만 나는 그러지 않으려고 해. 처음에야 쉽게 빌리지. 그러다 구걸까지 하게 되거든.”

“따뜻하게 하고 계세요, 할아버지.” 소년이 말했다. “지금이 9월이라는 걸 잊지 마세요.”

“커다란 고기가 찾아오는 달이지.” 노인이 말했다. “누구나 어부가 될 수 있는 5월이 아니라.”

“이제 정어리를 잡으러 가볼게요.” 소년이 말했다.

소년이 돌아왔을 때 노인은 의자에 앉은 채 잠들어 있었고 해는 저물어 있었다. 소년은 침대에서 낡은 군용 담요를 가져와서 의자 등받이와 노인의 어깨를 덮어주었다. 그것은 이상한 어깨로, 아주 늙었는데도 여전히 힘이 넘쳤고, 목도 여전히 튼튼했으며, 노인이 잠들어 머리가 앞으로 기울었는데도 주름은 별로 보이지 않았다. 셔츠는 하도 여러 번 덧대어 기워서 돛과 비슷해 보였고, 덧대어 기운 조각들은 햇볕에 바래 제각기 다른 색을 띠었다. 하지만 노인의 머리는 아주 늙어 보였고, 두 눈이 감긴 얼굴에서는 생기라곤 찾아볼 수 없었다. 신문은 노인의 무릎에 펼쳐져 있었는데 팔의 무게 덕에 저녁 산들바람에 날아가지 않고 거기 그대로 있었다. 노인은 맨발이었다.

소년은 노인을 그대로 두고 떠났는데, 돌아왔을 때도 노인은 여전히 잠들어 있었다.

"할아버지, 일어나세요." 소년이 노인의 한쪽 무릎에 손을 올리며 말했다.

노인은 눈을 뜨더니 한순간 멀리서 돌아오는 듯한 표정을 지었다. 그러더니 미소를 지었다.

"뭘 들고 온 거니?" 노인이 물었다.

"저녁이요." 소년이 말했다. "이제 같이 저녁을 먹어야죠."

"난 별로 배고프지 않은데."

"어서 드세요. 아무것도 안 먹고 고기를 잡을 수는 없잖아요."

"그랬던 적도 있었지." 노인이 자리에서 일어나 신문을 들어 접으며 이렇게 말했다. 그러고는 담요를 개기 시작했다.

"담요는 계속 두르고 계세요." 소년이 말했다. "제가 살아 있는 한 할아버지가 빈속으로 고기를 잡는 일은 없을 거예요."

"그러면 오래오래 살면서 몸을 잘 돌봐야겠구나." 노인이 말했다. "우리가 먹을 게 뭐지?"

"검은콩이랑 쌀, 튀긴 바나나, 스튜가 조금 있어요."

소년은 테라스에 가서 두 단으로 된 금속 용기에 그 음식들을 담아 왔다. 그의 주머니에는 나이프와 스푼 두 벌이 각각 종이 냅킨에 싸인 채 들어 있었다.

"누가 준 거니?"

"마르틴 아저씨. 테라스 주인이요."

"고맙다고 전해야겠구나."

"제가 이미 고맙다고 한걸요." 소년이 말했다. "할아버지는 그러실 필요 없어요."

"큰 고기를 잡으면 그 친구한테 뱃살을 줘야겠어." 노인이 말했다. "그 친구가 우리를 이렇게 챙겨준 게 이번이 처음은 아니지?"

"그럴걸요."

"그러면 뱃살보다 더 귀한 걸 줘야겠는데. 그 친구는 우리를 정말 많이 배려해주고 있어."

"맥주도 두 병 주셨어요."

"나는 캔 맥주를 제일 좋아하는데."

"저도 알아요. 하지만 이건 병맥주, 아투에이• 맥주고, 병은 제가 돌려줄 거예요."

"정말 고맙구나." 노인이 말했다. "이제 먹을까?"

"아까부터 드시라고 했잖아요." 소년이 다정하게 말했다. "드실 준비가 될 때까진 뚜껑을 열고 싶지 않았어요."

"이제 준비됐다." 노인이 말했다. "씻을 시간이 필요했을 뿐이야."

어디서 씻으셨단 말이지? 소년은 생각했다. 마을에서 물이 나오는 곳으로 가려면 거리를 두 개나 걸어 내려가야 했다. 할아버지를 위해 물을 길어 오고 비누랑 좋은 타월도 가져와야지, 소년은 생각했다. 나는 어쩜 이렇게 무심한 거지? 여벌 셔츠 한 장이랑 겨울에 입을 재킷, 신발 같은 거랑 담요 한 장도 더 갖다드려야겠어.

"스튜가 끝내주는구나." 노인이 말했다.

"야구 이야기 좀 들려주세요." 소년이 그에게 청했다.

"아메리칸 리그에서는 내가 말한 대로 양키스가 최고야." 노인이 행복하게 말했다.

• 쿠바의 맥주 브랜드. '아투에이'는 원래 히스파니올라섬 타이노족의 추장으로, 스페인이 히스파니올라섬을 정복하자 쿠바로 도망쳐 스페인에 맞서 싸운 국민적 영웅의 이름이다.

"오늘은 졌잖아요." 소년이 그에게 말했다.

"그건 아무래도 상관없어. 위대한 디마지오가 컨디션을 회복했으니까."

"그 팀에는 다른 선수들도 있는걸요."

"물론이지. 하지만 결정적인 역할을 하는 건 디마지오야. 다른 리그에서는 브루클린과 필라델피아 중에 브루클린을 응원할 수밖에 없지. 그런데 그러고 보니 딕 시슬러•와 그가 옛 구장에서 때린 멋진 타구들도 생각나는구나."

"정말이지 전례 없는 타구들이었어요. 그렇게까지 멀리 공을 때린 선수는 본 적도 없어요."

"그 선수가 테라스에 오곤 하던 거 기억나니? 나는 그를 고기잡이에 데려가고 싶었지만 너무 소심해서 차마 물어보지 못했지. 그래서 너한테 대신 물어봐달라고 했는데 그러기엔 너도 너무 소심했어."

"맞아요. 그건 큰 실수였어요. 그가 우리랑 같이 갔을지도 모르는데 말이죠. 그랬다면 할아버지랑 평생 떠들 이야깃거리가 생겼을 거예요."

"나는 저 위대한 디마지오를 고기잡이에 데려가고 싶어." 노

• 1948년부터 1951년까지 필라델피아 필리스에서 뛰었던 선수로, 이후 코치, 감독 등으로도 활약했다.

인이 말했다. "들리는 말로는 그의 아버지가 어부였다는구나. 어쩌면 그는 우리처럼 가난했기 때문에 이해해줄지도 몰라."

"저 위대한 시슬러의 아버지•는 한 번도 가난한 적이 없었고, 그는, 그러니까 아버지 시슬러는 아들 시슬러가 제 나이였을 때 이미 빅 리그••에서 뛰고 있었어요."

"네 나이였을 때 나는 가로돛을 달고 아프리카로 가던 배의 평선원이었고, 저녁이면 해변에 나와 있던 사자들을 보곤 했지."

"저도 알아요. 그랬다고 하셨죠."

"우리 아프리카 이야기를 할까, 아니면 야구 이야기를 할까?"

"야구 이야기가 좋겠어요." 소년이 말했다. "저 위대한 존 J. 맥그로••• 이야기를 들려주세요." 소년은 J를 '호타'••••라고 발음했다.

"그 친구도 예전에는 가끔 테라스에 오곤 했지. 하지만 술이 들어가면 행동과 입이 거칠어져서 다루기 힘든 친구였어.

• 딕 시슬러의 아버지인 조지 시슬러(1893~1973)로, 특히 1910년대 후반과 1920년대 초중반에 세인트루이스 브라운스에서 명투수로 활약했다.

•• 메이저 리그를 달리 일컫는 말.

••• 메이저 리그 선수이자 감독으로, 특히 1902년부터 1932년까지 뉴욕 자이언츠에서 31년 동안 감독을 맡은 것으로 유명하다.

•••• J의 스페인어 발음.

그는 야구 못지않게 경마에도 관심이 많았지. 어쨌거나 경주마 명단을 늘 주머니에 넣고 다녔고, 틈만 나면 전화기에 대고 말 이름을 말하곤 했어."

"그 사람은 위대한 감독이었어요." 소년이 말했다. "우리 아버지는 그가 최고였다고 생각하세요."

"그 친구가 이곳에 제일 자주 왔으니까." 노인이 말했다. "만일 더로셔•가 매년 이곳에 왔더라면 네 아버지는 그를 최고의 감독으로 생각했을 거야."

"그럼 누가 정말 최고의 감독인가요? 루케인가요, 아니면 마이크 곤살레스인가요?"••

"내 생각에는 둘 다 최고인 것 같아."

"그리고 최고의 어부는 할아버지고요."

"아니야. 나보다 나은 어부들도 있지."

"케 바."••• 소년이 말했다. "좋은 어부도 여럿 있고 대단한 어부도 몇 명 있죠. 하지만 할아버지 같은 어부는 할아버지뿐이에요."

• 메이저 리그 선수이자 감독으로, "사람 좋으면 꼴찌"라는 명언으로도 유명하다.

•• 아돌프 루케(1890~1957)는 쿠바 출신의 메이저 리그 선발투수였고, 마이크 곤살레스(1890~1977)는 쿠바 출신의 메이저 리그 포수, 코치이자 임시 감독이었다. 둘 다 메이저 리그에서 활약한 최초의 쿠바인이다.

••• '말도 안 돼요'를 뜻하는 스페인어.

"고맙다. 너는 나를 기쁘게 해주는구나. 너무 커다란 고기가 나타나서 우리 생각이 틀렸다는 걸 증명하지 않았으면 좋겠어."

"할아버지 말씀대로 할아버지가 여전히 힘이 세다면 그런 고기는 있을 수 없어요."

"나는 생각만큼 힘이 세지 않을지도 몰라." 노인이 말했다. "하지만 나는 요령을 많이 알고 결단력도 있으니까."

"내일 아침에 기운차게 나가시려면 이제 잠자리에 드셔야겠어요. 저는 이것들을 테라스에 돌려주러 갈게요."

"그럼 잘 자거라. 내일 아침에 내가 깨워주마."

"할아버지는 제 자명종이세요." 소년이 말했다.

"나이가 내 자명종이지." 노인이 말했다. "왜 노인들은 그렇게 일찍 잠에서 깨는 걸까? 하루를 더 길게 보내려고?"

"저도 모르죠." 소년이 말했다. "제가 아는 건 어린 소년들은 늦게까지 푹 잔다는 것뿐이에요."

"나도 그랬던 기억이 나." 노인이 말했다. "늦지 않게 깨워주마."

"배 주인아저씨가 깨워주는 건 기분이 별로예요. 꼭 제가 못난 사람처럼 느껴지거든요."

"나도 알지."

"안녕히 주무세요, 할아버지."

소년은 밖으로 나갔다. 두 사람은 불도 켜지 않은 식탁에서 식사한 터였고, 노인은 어둠 속에서 바지를 벗고는 침대로 향했다. 그는 바지 사이에 신문지를 넣고 둘둘 말아서 베개를 만들었다. 그러고는 몸에 담요를 두른 채 침대의 스프링에 덮어놓은 다른 오래된 신문지 위에서 잠을 잤다.

노인은 곧 잠이 들었고, 소년 시절에 보았던 아프리카, 그러니까 긴 황금빛 해변과 너무 하얘서 눈이 아플 지경이던 해변, 높다란 곶과 거대한 갈색 산들 꿈을 꾸었다. 요즘 그는 매일 밤 그곳 해안에서 살며 꿈속에서 울부짖는 파도 소리를 듣고 파도를 뚫고 다가오는 원주민들의 배를 보았다. 그는 자면서 갑판의 타르와 뱃밥 냄새를 맡았고, 아침이면 육지의 산들바람을 타고 오는 아프리카의 냄새를 맡았다.

보통 그는 육지의 산들바람 냄새가 날 때면 잠에서 깨어나 옷을 입고 소년을 깨우러 가곤 했다. 하지만 오늘 밤에는 육지의 산들바람 냄새가 너무 빨리 찾아왔고, 꿈속에서도 너무 이르다는 것을 안 그는 계속 꿈을 꾸면서 바다 위로 솟아오른 군도의 하얀 봉우리들을 보았으며, 그러고는 카나리아 군도•의 여러 항구와 정박지 꿈을 꾸었다.

• 아프리카 북서부 대서양에 있는 스페인령 군도로, 크게 일곱 개의 섬으로 이루어져 있다.

그는 이제 폭풍우 꿈도, 여자 꿈도, 큰 사건이 일어나는 꿈도, 큰 고기가 나오는 꿈도, 싸움하는 꿈도, 힘겨루기하는 꿈도, 아내 꿈도 꾸지 않았다. 이제 그는 오로지 장소들에 대한 꿈과 해변의 사자들 꿈만 꾸었다. 사자들은 황혼 속에서 새끼 고양이들처럼 장난을 쳤고, 그는 소년을 사랑하듯 그 사자들을 사랑했다. 소년이 나오는 꿈은 한 번도 꾼 적이 없었다. 그는 문득 잠에서 깨어났고, 열린 문 사이로 달을 바라보다가 말려 있던 바지를 펴서 입었다. 그러고는 오두막 밖에서 오줌을 누고 소년을 깨우려고 길을 따라 올라갔다. 아침 추위에 몸이 떨렸다. 하지만 그는 떨다보면 몸이 따뜻해질 것이고 곧 노를 저으리라는 것을 알았다.

소년이 사는 집은 문이 잠겨 있지 않았고, 그래서 그는 문을 열고는 맨발로 조용히 안으로 걸어 들어갔다. 소년은 첫 번째 방의 간이침대에서 잠들어 있었고, 노인은 사그라지는 달빛이 새어드는 가운데 소년을 똑똑히 볼 수 있었다. 노인은 소년의 한쪽 발을 부드럽게 잡고는 그대로 있었고, 이윽고 잠에서 깬 소년이 몸을 돌려 노인을 바라보았다. 노인이 고개를 끄덕이자 소년은 침대 옆 의자에서 바지를 집어 들고는 침대에 앉아 바지를 입었다.

노인은 문밖으로 나갔고 소년도 그의 뒤를 따랐다. 소년은 잠이 덜 깼고, 그래서 노인은 소년의 어깨에 팔을 두르며 말했다. "미안하구나."

"케 바." 소년이 말했다. "남자라면 해야 할 일인걸요."

두 사람은 노인의 오두막으로 걸어 내려갔고, 길을 가는 내내 어둠 속에서 맨발의 남자들이 자기 배의 돛대를 어깨에 멘 채 걸어가고 있었다.

노인의 오두막에 다다르자 소년은 똘똘 감아 바구니에 넣어두었던 낚싯줄과 작살과 갈고랑이를 집어 들었고, 노인은 돛을 말아놓은 돛대를 어깨에 멨다.

"커피 좀 드시겠어요?" 소년이 물었다.

"어구를 배에 싣고 나서 마시자꾸나."

두 사람은 이른 아침에 어부들을 상대로 장사하는 가게로 가서 연유 깡통에 따라 주는 커피를 마셨다.

"잘 주무셨나요, 할아버지?" 소년이 물었다. 그는 여전히 졸음을 떨치기 힘든 상태였지만 그래도 이제는 서서히 정신이 들었다.

"아주 잘 잤단다, 마놀린." 노인이 말했다. "오늘은 자신감이 드는구나."

"저도 그래요." 소년이 말했다. "이제 할아버지가 쓰실 정어리랑 제가 쓸 정어리랑 싱싱한 미끼를 가져와야겠어요. 우리 주인아저씨는 어구를 직접 날라요. 그 어떤 것도 절대 남이 나르게 하지 않죠."

"우리랑은 다르군." 노인이 말했다. "나는 네가 다섯 살일 때부터 어구를 나르게 했으니까."

"맞아요." 소년이 말했다. "금방 돌아올게요. 커피 한 잔 더 드세요. 여긴 우리한테 외상을 주잖아요."

소년은 맨발로 산호암 위를 걸어서 미끼를 저장해둔 얼음 창고로 갔다.

노인은 천천히 커피를 마셨다. 하루 동안 먹게 될 거라곤 그게 전부였고, 그래서 그는 커피를 마셔두어야 한다는 것을 알았다. 벌써 오래전부터 먹는 일이 지겨워진 그는 절대 점심을 싸 가지 않았다. 조각배의 뱃머리에 물 한 병을 놓아두었는데, 그거면 하루를 보내기에 충분했다.

소년이 정어리와 미끼 두 개를 신문지에 싸 들고 돌아왔고, 두 사람은 발밑으로 모래자갈을 느끼며 오솔길을 따라 조각배가 있는 곳까지 내려가서 조각배를 들어 수면 위로 미끄러뜨렸다.

"행운을 빌어요, 할아버지."

"나도 행운을 비마." 노인이 말했다. 그는 노가 단단히 묶인 밧줄을 노받이에 고정하고는 몸을 앞으로 숙여 물속의 노를 힘껏 밀어내며 어둠 속에서 항구 밖으로 배를 젓기 시작했다. 다른 해변에서도 바다로 나가는 배들이 있었는데, 이제는 달이 언덕 너머로 져버려서 그 모습이 보이진 않았지만 노인에게는 그들이 노 젓는 소리가 들렸다.

때때로 누군가가 배에서 말을 하기도 했다. 하지만 배들 대부분은 노 젓는 소리 말고는 조용했다. 배들은 항구 어귀를 벗어나자 뿔뿔이 흩어졌고, 각자 고기가 잡힐 것 같은 해역으로 향했다. 노인은 멀리까지 나갈 생각이었고, 그래서 육지 냄새를 뒤로한 채 아침 바다의 산뜻한 냄새 속으로 노를 저어 갔다. 노인은 물속에서 멕시코만 해초•가 뿜어내는 인광을 보았고, 그것은 어부들이 '거대한 우물'이라고 부르는 해역을 지날 때였는데, 그곳이 그렇게 불리는 이유는 갑자기 수심이 1300미터로 깊어지면서 생긴 해저의 가파른 벽에 해류가 부딪혀 일으키는 소용돌이로 인해 온갖 종류의 고기가 모여들었기 때문이다. 이곳에는 새우와 미끼용 고기가 모여들었고 때로는 가장 깊은 구멍에 오징어 떼도 모여들었는데, 이 오징어 떼는 밤이면 수면 가까이 솟아올라 떠도는 모든 물고기의 먹이가 되었다.

어둠 속에서 노인은 아침이 오는 것을 느낄 수 있었고, 노를 젓는 동안 날치가 물 위로 날아오르며 몸을 떠는 소리와 녀석들이 어둠 속에서 날개를 빳빳이 펼친 채 솟구치며 내는 쉿쉿 소리가 들려왔다. 그는 날치를 무척 좋아했는데, 녀석들

● 모자반류(類)의 해초.

이 바다에서 가장 친한 친구였기 때문이다. 새들은 딱하게 여겼는데, 특히 늘 날아다니며 먹이를 찾지만 거의 늘 아무것도 찾지 못하는 작고 연약하고 거무스름한 제비갈매기가 그러했으며, 그는 이렇게 생각했다. '도둑 새나 육중하고 힘센 새를 제외하면, 새들은 우리보다 더 고달픈 인생을 살고 있어. 바다는 몹시 잔인해질 때도 있는데 왜 제비갈매기처럼 연약하고 섬세한 새를 만들어낸 걸까? 바다는 다정하고 정말 아름다워. 하지만 바다는 몹시 잔인해질 때도 있는 데다가 너무 갑자기 그렇게 변해버리곤 하고, 작고 슬픈 목소리로 울며 날다가 바다에 몸을 담그고 사냥하는 새들은 그런 바다에서 살아가기에는 너무 연약하게 만들어졌어.'

노인은 늘 바다를 '라 마르'라고 생각했는데, 그것은 사람들이 바다에 애정을 느낄 때 부르는 스페인어다. 때로는 바다를 사랑하는 사람들도 바다에 관해 나쁘게 말할 때가 있는데, 그럴 때조차도 바다는 늘 여성인 것처럼 불린다.• 몇몇 젊은 어부, 낚싯줄에 찌 대신 부표를 연결해 사용하고 상어 간으로 큰돈을 벌었을 때 사들인 모터보트를 타고 다니는 이들은 바다를 남성형인 '엘 마르'라고 불렀다. 그들은 바다를 경쟁

• 원문에서 노인은 바다를 여성대명사인 'she'로 부른다. 바다를 뜻하는 스페인어 '라 마르(la mar)'에서 'la'는 여성명사에 붙이는 정관사다.

자나 장소, 심지어 적이라고 불렀다. 하지만 노인은 늘 바다를 여성으로 생각했고, 큰 호의를 베풀어주거나 베풀어주지 않는 무언가로 생각했는데, 만일 바다가 사납거나 사악한 짓을 한다면 그것은 바다로서도 어쩔 수 없어서 그러는 것이었다. 여자가 그러하듯 바다도 달의 영향을 받는다고, 그는 생각했다.

노인은 꾸준히 노를 저었는데, 속도를 잘 유지했고 가끔 해류가 소용돌이칠 때 말고는 수면이 잔잔했으므로 전혀 힘들지 않았다. 그는 노 젓는 일의 3분의 1을 해류에 맡기고 있었고, 날이 밝아오기 시작했을 때는 이미 그 시간에 나오려 했던 것보다 더 멀리 나왔음을 알았다.

일주일 동안 '깊은 우물' 여기저기에 낚싯줄을 던져봤건만 아무 소득도 없었어, 노인은 생각했다. 오늘은 보니타•와 날개다랑어 떼가 있는 곳으로 가서 낚싯줄을 던져봐야겠군, 어쩌면 그것들 사이에 큰 고기가 있을지도 모르니까.

날이 완전히 밝기도 전에 노인은 미끼를 드리운 채 해류를 따라 떠다녔다. 첫 번째 미끼는 70미터 되는 곳에 내려보냈다. 두 번째는 140미터, 세 번째와 네 번째는 각각 180미터와

• 노인은 '가다랑어'를 뜻하는 남성명사 '보니토(bonito)'를 여성명사 '보니타(bonita)'로 바꿔 부르고 있다.

230미터에 이르는 푸른 물속까지 내려보냈다. 각각의 미끼 고기는 대가리를 아래로 한 채 낚싯바늘 몸통에 단단히 꿰여 고정돼 있었고, 낚싯바늘의 튀어나온 앞부분 전체, 즉 구부러진 부분과 뾰족한 부분은 싱싱한 정어리들로 뒤덮여 있었다. 낚싯바늘에 두 눈이 꿰인 각각의 정어리는 마치 튀어나온 강철 낚싯바늘 위에 장식된 반원형의 화환 같았다. 커다란 고기가 와서 향기로운 냄새와 훌륭한 맛을 느끼지 못할 부분은 낚싯바늘에 한 군데도 없었다.

소년이 노인에게 준 싱싱하고 작은 다랑어 혹은 날개다랑어 두 마리는 가장 깊이 드리운 낚싯줄 두 개에 추처럼 매달려 있었고, 다른 낚싯줄에는 각각 전에 썼던 커다란 청전갱이와 갈전갱이가 한 마리씩 매달려 있었다. 전에 쓴 것이지만 상태는 여전히 좋았고, 훌륭한 정어리도 함께 매달려 있어서 유혹적인 냄새를 더해주었다. 큰 연필만큼이나 굵은 각각의 낚싯줄은 아직 수액이 채 마르지 않은 나뭇가지•에 묶어놓아서 고기가 미끼를 물거나 건드리기만 해도 나뭇가지가 수면 아래로 내려갈 터였고, 각각의 낚싯줄에는 70미터짜리 낚싯줄 뭉치가 두 개씩 연결된 데다가 여분의 낚싯줄 뭉치도 단

• 꺾은 지 얼마 안 되어 아직 '수액이 채 마르지 않은(green-sapped)' 유연한 나뭇가지를 뜻하며, 'green-sapped'는 헤밍웨이가 만든 단어다.

단히 묶을 수 있어서 필요하다면 고기가 낚싯줄을 550미터 이상 풀고 달아나게 할 수 있었다.

이제 노인은 나뭇가지 세 개가 물에 반쯤 잠긴 것을 뱃전 너머로 지켜보다가 각각의 낚싯줄이 적당한 깊이에서 위아래로 팽팽히 당겨지도록 천천히 노를 저었다. 날이 꽤 밝았고 이제 당장이라도 해가 떠오를 것만 같았다.

해가 바다 위로 어렴풋이 떠올랐고, 노인은 수면에 바싹 붙은 채 멀리 해안 쪽에서 해류를 가로질러 흩어져 있는 다른 배들을 볼 수 있었다. 그러다 해가 더 밝아지자 수면이 환히 빛났고, 마침내 완전히 떠오르자 평평한 바다가 햇빛을 반사해 눈을 따갑게 하는 바람에 그는 해를 보지 않은 채 노를 저어나갔다. 그는 물속을 내려다보았고, 어두운 물속에 팽팽히 드리워진 낚싯줄들을 바라보았다. 노인은 그 누구보다도 낚싯줄을 팽팽히 드리웠는데, 그래야 어두운 해류의 서로 다른 수심, 정확히 그가 원하는 자리에 미끼가 위치해 그곳을 헤엄쳐 다니는 어떤 고기든 기다리게 될 것이기 때문이다. 다른 어부들은 낚싯줄을 해류의 움직임에 떠맡겼고, 그래서 때로 180미터라고 생각했지만 110미터밖에 이르지 못한 경우도 있었다.

그러나 나는 낚싯줄을 정확히 드리우지, 노인은 생각했다. 다만 더는 운이 없을 뿐. 하지만 누가 알겠어? 어쩌면 오늘은 다를지도. 하루하루가 새로운 날이야. 운이 따르는 편이 더 좋지. 하지만 나는 차라리 정확한 편을 택하겠어. 그러면 운이 찾아올 때 준비가 되어 있을 테니.

이제 해가 뜬 지도 두 시간이 지나 동쪽을 바라보아도 그다지 눈이 아프지 않았다. 이제 보이는 배라고는 고작 세 척뿐이었고, 그나마도 먼 해안 쪽에서 수면에 아주 바싹 붙어 있었다.

이른 아침의 해는 평생 내 눈을 아프게 했지, 노인은 생각했다. 그래도 내 눈은 아직 멀쩡해. 저녁에 해를 곧바로 쳐다보아도 눈앞이 캄캄해지진 않으니까. 해는 저녁에 더 강렬한데도 말이야. 하지만 아침의 해는 고통스러워.

바로 그때 노인은 군함새 한 마리가 길고 검은 날개를 펼친 채 눈앞의 하늘을 선회하는 것을 보았다. 새는 날개를 뒤로 젖히며 비스듬히 급강하하더니 다시 하늘을 선회했다.

"녀석이 뭔가 보았군." 노인이 큰 소리로 말했다. "그냥 둘러만 보는 게 아니야."

노인은 새가 선회하는 곳을 향해 천천히 계속해서 노를 저어나갔다. 그는 서두르지 않았고 낚싯줄도 위아래로 팽팽히 유지했다. 하지만 계속 정확한 고기잡이를 이어나가기 위해 해류를 살짝 거스르기도 했는데, 그래도 새를 이용하지 않고 고기잡이하는 경우보다는 속도가 빨랐다.

새는 공중으로 높이 날아올라 날개를 가만히 펼친 채 또 한

번 선회했다. 그러더니 갑자기 빠르게 내려갔고, 노인은 물 밖으로 튀어나온 날치가 수면 위를 필사적으로 날아가는 것을 보았다.

"만새기다." 노인이 큰 소리로 말했다. "커다란 만새기야."

노인은 노를 거두어들이고는 뱃머리 아래에서 가는 낚싯줄을 꺼냈다. 거기에는 철사 목줄•과 중간 크기의 낚싯바늘이 달려 있었고, 그는 그것에 정어리 한 마리를 미끼로 꿰었다. 그러고는 뱃전 너머로 그것을 던지고 낚싯줄을 선미의 고리 달린 볼트에 단단히 붙들어 맸다. 그리고 또 다른 낚싯줄에도 미끼를 꿰어 뱃머리의 그늘진 곳에 똘똘 말아두었다. 그는 다시 노를 저으며 날개가 긴 검은 새가 이제 수면 가까이에서 먹이를 찾는 모습을 지켜보았다.

노인이 지켜보는 동안 새는 급강하를 위해 날개를 비스듬히 젖힌 채 또다시 수면으로 내려갔고, 그러고는 날개를 거칠고 헛되이 퍼덕이며 날치를 쫓았다. 그는 커다란 만새기가 달아나는 날치를 쫓느라 수면이 살짝 부푼 것을 볼 수 있었다. 만새기는 날아가는 날치 아래쪽에서 물살을 가르고 있었고, 전속력으로 헤엄치며 날치가 물속에 떨어질 때 바로 그 자리에 있고자 했다. 엄청난 만새기 떼로군, 그는 생각했다. 녀석

• 낚싯바늘을 매어 낚싯줄에 연결하는 줄.

들이 넓게 퍼져 있어서 날치는 아무래도 가망이 없겠어. 가망이 없기는 새도 마찬가지야. 녀석이 잡기에는 날치가 너무 크고 너무 빨라.

노인은 날치가 거듭 물 밖으로 튀어 오르는 모습과 새의 헛된 동작을 지켜보았다. 저 고기 떼는 놓쳐버렸군, 그는 생각했다. 녀석들은 너무 빠르게 이동하고 너무 멀리까지 가버렸어. 하지만 어쩌면 옆길로 샌 고기 한 마리쯤은 건질 수 있을지 모르고, 어쩌면 내가 찾는 큰 고기가 녀석들 주위에 있을지도 모르지. 내가 찾는 큰 고기가 분명 어딘가에 있을 거야.

이제 구름이 육지 위로 산더미처럼 피어올랐고 해안은 회청색 언덕을 배경으로 한 긴 초록빛 선에 지나지 않았다. 바닷물은 이제 짙은 푸른빛을 띠고 있었는데 너무 짙어서 거의 보랏빛으로 보일 정도였다. 아래를 내려다보니 어두운 물속으로 체로 쳐낸 듯한 모습의 붉은 플랑크톤과 햇빛이 만들어낸 기이한 빛이 보였다. 노인은 낚싯줄이 보이지 않는 물속으로 곧게 내려가 있는지 살피다가 플랑크톤이 그렇게 많은 것을 보곤 기뻐했는데, 플랑크톤은 곧 고기를 의미했기 때문이다. 이제 더 높이 떠오른 해가 물속에 만들어낸 그 기이한 빛은 날씨가 좋다는 의미였고, 육지 위로 피어오른 구름의 모양 또한 그런 의미였다. 하지만 새는 이제 거의 시야에서 사라져버렸고, 노랗게 빛바랜 사르가소 해초• 몇 더미와 젤라틴으로 이루어진 보랏빛 기포처럼 형체를 이룬 채 무지갯빛으로 반짝이며 배 바로 옆에 떠 있는 고깔해파리 말고는 수면 위로 아무것도 보이지 않았다. 고깔해파리는 몸을 옆으로 돌렸다가 다시 원래 자세로 돌아왔다. 그것은 길고 치명적인 보랏빛 촉수를 물속에서 1미터 정도 길게 나부끼며 거품처럼 쾌활하게 떠다녔다.

"아과 말라."•• 노인이 말했다. "이런 갈보 같은 것."

노인은 노에 기댄 채 몸을 살짝 돌려 물속을 내려다보았는데, 길게 나부끼는 촉수와 비슷한 색깔의 작은 물고기들이 촉수 사이를 헤엄치거나 거품이 떠가며 만든 작은 그늘 아래를 지나다니는 모습이 보였다. 녀석들은 해파리의 독에 면역이 되어 있었다. 하지만 사람은 그렇지 않았고, 그 촉수 일부가 낚싯줄에 붙어 끈적끈적한 보랏빛으로 남았다가 고기잡이하는 노인이 만지기라도 하는 날이면 덩굴옻나무나 옻나무를 만졌을 때처럼 팔과 손에 부푼 자국과 아린 상처를 남기곤 했다. 하지만 옻오르는 것과 달리 '아과 말라'의 독은 빨리 퍼졌고 채찍을 맞은 것처럼 찌릿했다.

무지갯빛 거품들은 아름다웠다. 하지만 그것들은 바다에서

• '멕시코만 해초'를 달리 부르는 이름.

•• '해파리'를 의미하는 스페인어로, 문자 그대로 직역하면 '나쁜 물'이다.

가장 거짓된 존재여서 노인은 커다란 바다거북이 그것들을 잡아먹는 모습을 보면 대단히 좋아했다. 바다거북은 해파리를 보면 정면에서 접근하다가 눈을 감고 완전히 등딱지만 보이게 한 후 촉수까지 통째로 먹어버렸다. 노인은 바다거북이 해파리를 잡아먹는 모습을 보는 걸 대단히 좋아했고, 폭풍우가 지나간 후 해변에서 해파리를 밟으며 걷는 것과 굳은살이 박인 발바닥으로 그것들을 밟을 때 나는 펑 하는 소리도 대단히 좋아했다.

노인은 우아하고 재빠르며 값비싼 푸른거북과 대모거북을 대단히 좋아했는데, 갑옷 같은 등껍질은 누렇고 교미는 괴상하게 하며 눈을 감은 채 만족스레 고깔해파리를 잡아먹는 거대하고 멍청한 붉은바다거북에 대해서는 친밀감이 섞인 경멸감을 느꼈다.

노인은 여러 해 동안 바다거북잡이 배를 탔었지만 바다거북에 대해 어떤 신비감도 품지 않았다. 그는 바다거북을 모두 가엾이 여겼는데, 길이가 조각배만 하고 무게도 1톤이나 나가는 커다란 장수거북조차 가엾이 여겼다. 사람들 대부분은 바다거북에 대해 비정한 태도를 취하는데, 왜냐하면 바다거북을 도살하고 토막 낸 후에도 그 심장이 몇 시간 동안이나 펄떡거리기 때문이다. 하지만 노인은, 나에게도 저런 심장이 있고 내 발과 손도 녀석들의 것과 똑같지 않은가, 하고 생각했다. 그는 기력을 얻기 위해 바다거북의 흰 알을 먹었다. 9월과 10월에 정말 큰 고기를 잡을 수 있을 만큼 강해지기 위해 그는 5월 내내 그것을 먹었다.

노인은 또한 여러 어부가 어구를 보관하는 오두막의 커다란 드럼통에서 매일 상어간유를 한 컵씩 떠 마셨다. 원하는 어부는 누구든 마실 수 있도록 거기 놓아둔 것이었다. 어부들은 대부분 그 맛을 몹시 싫어했다. 하지만 아침마다 일찍 일어나야 하는 것보다는 나았고, 이런저런 감기와 독감에 즉효약이었으며 눈에도 좋았다.

이제 노인이 위를 쳐다보니 군함새가 다시 하늘을 선회하고 있었다.

"녀석이 고기를 찾았군." 노인이 큰 소리로 말했다. 수면을 박차고 솟아오르는 날치도 없었고 작은 미끼용 고기들이 황급히 흩어지지도 않았다. 하지만 가만히 지켜보고 있자니 작은 다랑어 한 마리가 공중에 솟아올라 몸을 비틀고는 대가리부터 처박으며 물속으로 떨어졌다. 다랑어는 햇빛 속에서 은빛으로 빛났고, 녀석이 물속으로 떨어지자 또 다른 다랑어들이 하나둘 솟아올라 사방팔방으로 날뛰고 바다를 휘저어대며 먹잇감을 쫓아 길게 뛰어댔다. 녀석들은 먹잇감 주위를 빙빙 돌며 그것을 몰아가고 있었다.

다랑어들이 너무 빨리 이동하지만 않는다면 녀석들 무리

안으로 들어가볼 텐데, 하고 노인은 생각했고, 수면에 하얀 거품을 일으키는 다랑어 떼와 겁에 질린 나머지 강제로 수면 위로 몰린 미끼용 고기들을 향해 급강하해 뛰어드는 군함새를 지켜보았다.

"저 새가 큰 도움이 되는군." 노인이 말했다. 바로 그때 고리를 만들어 밟고 있던 선미 쪽 낚싯줄이 발아래서 팽팽해졌고, 그러자 그는 노를 놓고 낚싯줄을 단단히 쥔 채 잡아당기기 시작하면서 몸을 떨며 저항하는 작은 다랑어의 무게를 느꼈다. 낚싯줄을 잡아당기면 잡아당길수록 몸부림은 심해졌는데, 그러다 물속에서 고기의 푸른 등이 보이고 뒤이어 금빛 옆구리가 보이고서야 녀석을 뱃전 쪽으로 끌어당겨 배 안으로 집어넣을 수 있었다. 다부진 몸집에 총알처럼 생긴 녀석은 햇빛을 받으며 누워 있었는데, 커다랗고 우둔한 눈을 빤히 뜬 채 말쑥하고 날렵한 꼬리로 배의 바닥판을 빠르고 세차게 내리치고 파닥거리며 제 명을 스스로 재촉하는 중이었다. 노인은 친절하게도 녀석의 대가리를 내리쳐주고는 아직도 몸을 파닥거리는 녀석을 선미의 그늘진 곳 아래로 걷어찼다.

"날개다랑어로군." 노인이 큰 소리로 말했다. "훌륭한 미끼가 되겠어. 5킬로그램은 족히 되겠는걸."

노인은 혼자 있을 때면 큰 소리로 혼잣말하기 시작한 게 언제부터였는지 기억나지 않았다. 옛날에는 혼자 있을 때면 노래를 불렀고, 스맥선(船)•이나 바다거북잡이 배에서 야간 당직을 서며 혼자 키를 잡을 때도 가끔 노래를 불렀다. 혼자 있을 때 큰 소리로 혼잣말하기 시작한 건 아마도 소년이 떠나고부터였을 것이다. 하지만 정확히는 기억나지 않았다. 소년과 함께 고기를 잡을 때도 두 사람은 보통 필요한 경우에만 말을 했다. 두 사람은 악천후를 만나 폭풍우에 고립되었을 때나 밤이 되었을 때만 대화를 나누었다. 바다에서는 불필요한 대화를 나누지 않는 것이 미덕으로 여겨졌고, 노인도 항상 그렇게 생각하며 그에 따랐다. 하지만 이제는 귀찮아할 사람이 아무도 없었으므로 그는 자기 생각을 큰 소리로 입 밖에 낼 때가 많았다.

"만일 내가 이렇게 큰 소리로 떠드는 걸 남들이 들으면 나더러 미쳤다고 하겠지." 노인은 큰 소리로 말했다. "하지만 나는 미치지 않았으니 상관없어. 부자들이야 라디오가 있으니 배에서 이야기를 듣고 야구 소식도 듣고 그러겠지만."

지금은 야구를 생각하고 있을 때가 아니야, 노인은 생각했다. 지금은 오직 한 가지만 생각할 때야. 나는 그 한 가지를 위해 태어났으니까. 저 다랑어 떼 주변에 큰 놈이 하나 있을지도 몰라, 그는 생각했다. 나는 먹이를 먹던 날개다랑어 떼

• 활어조를 갖춘 소형 어선.

중에서 뒤처진 놈 하나를 건졌을 뿐이야. 하지만 녀석들은 멀리까지 빠르게 움직이고 있어. 오늘 수면에 모습을 드러내는 녀석들은 모두 북동쪽으로 아주 빠르게 이동하는군. 지금이 그럴 시간이라서 그런가? 아니면 내가 모르는 어떤 날씨의 조짐인 걸까?

이제 초록빛 해안은 보이지 않았고 다만 눈이 덮인 듯 꼭대기가 새하얗게 드러난 푸른 언덕과 그 위로 우뚝 솟은 설산 같은 구름만 보일 뿐이었다. 바다는 아주 짙은 색이었고 수면은 프리즘이 되어 무지갯빛으로 반짝였다. 무수히 많은 반점 같은 플랑크톤은 이제 높이 뜬 해 때문에 사라져버렸고, 노인의 눈에 보이는 것이라곤 이제 푸른 바다가 만들어내는 거대하고 깊은 무지갯빛과 1.6킬로미터 깊이로 곧게 드리워진 낚싯줄이 전부였다.

어부들은 그런 종류의 물고기를 모두 다랑어라고 부르면서, 팔거나 미끼용으로 거래할 때만 정확한 이름으로 구분해서 불렀는데, 어쨌든 그 다랑어 떼는 다시 물속으로 들어가버렸다. 이제 해가 뜨거웠고, 노인은 목덜미에 내리쬐는 강한 햇볕과 더불어 노를 젓는 동안 등을 타고 흘러내리는 땀방울을 느꼈다.

그냥 떠다니면서 한숨 자야겠어, 노인은 생각했다. 낚싯줄 고리를 발가락에 걸어놓으면 잠에서 깰 수 있으니까. 하지만 오늘이 팔십오 일째 되는 날이니 오늘은 부디 제대로 된 고기를 건져야 할 텐데.

바로 그때, 낚싯줄을 지켜보던 노인은 수액이 채 마르지 않은 나뭇가지 하나가 갑자기 수면 아래로 쑥 내려가는 것을 보았다.

"옳거니." 노인이 말했다. "그래야지." 그러고는 배에 부딪히지 않게 노를 거두어들였다. 그는 오른손을 뻗어 엄지와 검지로 낚싯줄을 부드럽게 잡았다. 잡아당기는 느낌이나 무게감이 전혀 없었고, 그래서 낚싯줄을 가볍게 잡고만 있었다. 그러다 다시 입질이 왔다. 이번에는 제대로 된 묵직한 입질이 아니라 시험 삼아 해보는 입질이었고, 그는 그게 어떤 상황인지 정확히 알았다. 180미터 아래에서 청새치 한 마리가 낚싯바늘의 몸통과 뾰족한 부분, 즉 손으로 구부린 낚싯바늘이 작은 다랑어 대가리 위로 튀어나온 부분에 뒤덮인 정어리들을 맛보는 중이었다.

노인은 낚싯줄을 조심스레 잡고는 왼손을 이용해 나뭇가지에서 살며시 풀어냈다. 이제는 고기가 어떤 장력도 느끼지 않도록 하면서 손가락 사이로 낚싯줄을 마구 풀어줄 수 있었다.

이렇게 먼 데서, 그것도 이번 달에 잡히는 고기니 거대한 놈일 게 틀림없어, 노인은 생각했다. 미끼를 물어라, 고기야. 미끼를 물어. 제발 미끼를 물어라. 180미터 아래의 차갑고 어두운 물속에 있는 너에겐 그게 얼마나 싱싱한 먹잇감이겠니. 어둠 속에서 다시 한번 방향을 틀고 돌아와서 미끼를 물어라.

가볍고 미묘한 입질이 느껴졌고, 뒤이어 정어리 대가리를 낚싯바늘에서 떼어내기가 더 힘들어졌는지 더 강한 입질이 느껴졌다. 그러고는 아무런 반응도 없었다.

"어서." 노인이 큰 소리로 말했다. "한 번 더 방향을 틀어라. 미끼 냄새를 한번 맡아봐. 먹음직스러운 냄새가 나지 않니? 어서 그것들을 실컷 먹으렴, 그럼 다랑어가 나올 테니까. 살이 단단하고 차갑고 맛있는 다랑어지. 부끄러워할 것 없어, 고기야. 어서 먹으렴."

노인은 엄지와 검지로 잡은 낚싯줄을 지켜보며 기다리는 동시에 고기가 위나 아래로 헤엄쳐 갔을 경우에 대비해 다른 낚싯줄에서도 눈을 떼지 않았다. 그때 아까와 같은 미묘한 입질이 또다시 느껴졌다.

"이번에는 물 거야." 노인이 큰 소리로 말했다. "녀석이 미끼를 물도록 하느님께서 도우시길."

하지만 고기는 미끼를 물지 않았다. 고기는 가버렸고 노인은 아무 반응도 느낄 수 없었다.

"녀석이 가버렸을 리 없어." 노인이 말했다. "녀석이 가버렸을 리 없다는 건 예수님도 아셔. 녀석은 방향을 틀고 있는 거야. 어쩌면 녀석은 전에 낚싯바늘에 걸린 적이 있어서 그때 일을 어렴풋이 기억하는지도 모르지."

그때 낚싯줄에 가벼운 반응이 느껴졌고, 노인은 기뻐했다.

"역시 방향을 트는 것뿐이었어." 노인이 말했다. "녀석은 미끼를 물 거야."

노인은 가벼운 입질을 느끼며 기뻐했는데, 그러고는 뭔가 사납고 믿을 수 없을 만큼 묵직한 것이 느껴졌다. 그것은 고기의 무게였고, 그래서 그는 여분의 낚싯줄 뭉치 두 개 중 하나를 풀며 낚싯줄을 계속 아래로, 아래로, 아래로 내려보냈다. 낚싯줄이 노인의 손가락 사이로 가볍게 풀려나가는 동안 엄지와 검지 사이에는 거의 아무런 저항감도 느껴지지 않았지만 그래도 엄청난 무게를 느낄 수 있었다.

"대단한 놈이로군." 노인은 말했다. "녀석은 지금 미끼를 가로문 채 달아나고 있어."

그러다가 방향을 틀며 미끼를 삼키겠지, 노인은 생각했다. 그 생각을 입 밖에 내진 않았는데, 좋은 일은 입 밖에 내면 일어나지 않을 수도 있다는 걸 알았기 때문이다. 그는 녀석이 거대한 고기라는 걸 알았고, 녀석이 다랑어를 비스듬히 입에 문 채 어둠 속에서 도망치는 모습을 머릿속에 그려보았다. 그 순간 녀석이 움직임을 멈추는 게 느껴졌지만 무게감은 그대로였다. 그러다가 무게감이 더욱 커졌고, 그는 낚싯줄을 더 풀었다. 엄지와 검지에 한순간 더욱 힘을 주었고, 그러자 무게감이 더 커지면서 낚싯줄이 아래로 계속 쭉 내려갔다.

"녀석이 미끼를 물었어." 노인이 말했다. "이제 미끼를 제대로 삼키게 해줘야겠군."

노인은 손가락 사이로 낚싯줄이 풀려나가게 하는 한편, 왼손을 뻗어 여분의 낚싯줄 뭉치 두 개의 끝을 바로 옆에 둔 다른 여분의 낚싯줄 뭉치 두 개의 고리에 단단히 묶었다. 이제 준비가 끝났다. 이제 그에게는 지금 쓰고 있는 낚싯줄 뭉치뿐만 아니라 여분으로 쓸 70미터짜리 낚싯줄 뭉치가 세 개나 더 있었다.

"미끼를 좀 더 삼켜라." 노인이 말했다. "제대로 삼키라고."

삼켜라, 낚싯바늘 끝이 네 심장에 박혀 숨통이 끊어지도록, 노인은 생각했다. 순순히 위로 올라와서 내가 네 몸에 작살을 꽂게 해다오. 좋아. 준비됐지? 이제 충분히 먹을 만큼 먹었겠지?

"자!" 노인은 큰 소리로 외치고는 양손을 힘차게 움직이며 낚싯줄을 1미터 거두어들였고, 그러고는 온몸의 무게를 중심축으로 삼은 채 온 힘을 실은 양팔을 번갈아 내밀며 계속해서 낚싯줄을 힘차게 끌어당겼다.

아무런 성과도 없었다. 고기는 그저 천천히 달아났을 뿐이고, 노인은 녀석을 1센티미터도 끌어올릴 수 없었다. 그의 낚싯줄은 무거운 고기를 잡기 위해 만든 튼튼한 것이었는데, 그가 등으로 낚싯줄을 지탱하자 이윽고 아주 팽팽해진 줄에서 물방울들이 튕겨 나갔다. 그러더니 낚싯줄은 물속에서 천천히 쉿쉿 소리를 내기 시작했고, 그는 가로장에 의지해 버티는 동시에 당기는 힘에 맞서 상체를 뒤로 젖힌 채 줄을 계속 붙들고 있었다. 배는 북서쪽을 향해 천천히 나아가기 시작했다.

고기는 꾸준히 움직였고 그들은 잔잔한 바다 위를 천천히 나아갔다. 다른 미끼들이 여전히 물속에 있었지만 어떻게 해 볼 도리가 없었다.

"그 애가 있으면 좋으련만." 노인이 큰 소리로 말했다. "나는 지금 고기한테 예인되고 있고, 내 몸은 예인 밧줄을 묶어두는 기둥이나 마찬가지야. 낚싯줄을 다른 곳에 단단히 묶어둘 수도 있겠지. 하지만 그러면 녀석이 줄을 끊어버릴 거야. 온 힘을 다해 녀석을 붙잡고 있다가 녀석이 필요로 할 때 줄을 풀어줘야만 해. 그래도 아래로 내려가지 않고 옆으로 이동하고 있으니 하느님께 감사드릴 노릇이지."

녀석이 아래로 내려가기로 마음먹으면 어쩐다, 나도 모르겠군. 녀석이 물속으로 내려가 죽어버리면 어떻게 해야 할지도 모르겠어. 하지만 어떻게든 해봐야지. 해볼 수 있는 일이야 아주 많으니까.

노인은 등으로 낚싯줄을 지탱하며 물속으로 비스듬히 들어가 있는 줄과 꾸준히 북서쪽으로 이동하는 조각배를 지켜보왔다.

녀석은 이러다 죽겠지, 노인은 생각했다. 영원히 이럴 수는 없어. 하지만 네 시간 후에도 고기는 여전히 조각배를 예인하며 꾸준히 바다를 헤엄쳐 가고 있었고, 노인은 여전히 등에 낚싯줄을 두른 채 굳세게 버티고 있었다.

"녀석이 걸려든 게 정오였지." 노인은 생각했다. "그런데 아직 녀석을 구경도 못 했어."

노인은 고기가 걸리기 전부터 머리에 밀짚모자를 푹 눌러 쓰고 있었는데, 그것 때문에 이마가 아려왔다. 그는 목도 말랐고, 그래서 무릎을 꿇고는 낚싯줄을 불시에 홱 건드리지 않으려 조심하며 뱃머리까지 최대한 이동한 다음 한쪽 손을 뻗어 물병을 잡았다. 그는 뚜껑을 열고 물을 조금 마셨다. 그러고는 뱃머리에 몸을 기대고 쉬었다. 아직 세우지 않은 돛대와 거기 말린 돛에 앉아 쉬면서 생각을 비우고 다만 견디려 애썼다.

그러다가 뒤를 돌아보니 육지가 전혀 보이지 않았다. 육지야 보이든 말든 아무 상관 없어, 노인은 생각했다. 나는 언제든 아바나의 불빛에 의지해 돌아갈 수 있으니까. 해가 지려면 아직 두 시간이 남았고, 녀석은 아마 그때까지는 올라올 거야. 만일 그때까지도 올라오지 않는다면 달이 뜰 때쯤엔 올라오겠지. 만일 그때도 안 올라온다면 해가 뜰 때쯤엔 올라올 테고. 나는 아직 쥐가 나지도 않았고 기운도 펄펄해. 입에 낚싯바늘이 걸려 있는 건 저쪽이야. 하지만 배를 이렇게 끌고 가다니 정말 대단한 고기인걸. 철사 목줄까지 삼키고는 입을 앙다물어버린 게 분명해. 녀석을 볼 수 있으면 좋으련만. 내가 어떤 고기를 상대하고 있는지 알 수 있게 녀석을 단 한 번만이라도 볼 수 있으면 좋으련만.

노인이 별을 바라보며 판단한 바에 따르면, 고기는 밤새 진로나 방향을 한 번도 바꾸지 않았다. 해가 지자 날이 추워졌고, 노인의 등과 팔과 나이 든 다리에 흐른 땀도 차갑게 식었다. 낮 동안 그는 미끼 상자를 덮은 부대를 벗겨서 펼쳐놓은 채 햇볕에 말려두었었다. 해가 지자 그는 부대를 목에 둘러 등 뒤로 늘어뜨리고는 양어깨에 메고 있던 낚싯줄 아래로 그것을 조심스레 밀어 넣었다. 부대가 낚싯줄 아래서 쿠션 역할을 해주었고, 몸을 앞으로 숙여 선미 쪽에 기댈 방법을 찾아냈기에 자세도 제법 편안했다. 사실 견딜 수 없는 상태를 약간 벗어난 수준에 불과했지만, 그래도 그는 그것을 제법 편안한 자세로 여겼다.

나는 녀석을 어떻게 해볼 도리가 없고 녀석도 나를 어떻게 해볼 도리가 없어, 노인은 생각했다. 녀석이 계속 이렇게 나오는 한 말이지.

한번은 노인이 일어나서 뱃전 너머로 오줌을 누고는 별들을 보며 녀석의 진로를 확인했다. 그의 양어깨에서 곧장 뻗어 나간 낚싯줄은 물속에서 인광을 발하는 끈처럼 보였다. 그들은 이제 아까보다 느리게 움직였고 아바나의 불빛이 그리 선명하지 않았으므로, 그는 해류가 그들을 동쪽으로 데려가는 게 틀림없다고 생각했다. 만일 아바나의 반짝이는 불빛이 보이지 않게 된다면 우리는 더욱더 동쪽으로 이동하고 있는 게 틀림없어, 그는 생각했다. 왜냐하면 고기가 진로를 유지했다면, 아바나의 불빛이 몇 시간은 더 보여야 할 테니 말이야. 오늘 메이저 리그 경기는 어떻게 됐을지 궁금하군, 그는 생각했다. 라디오로 소식을 들을 수 있다면 정말 멋질 텐데. 그러다가 그는 생각했다, 항상 이 일만 생각해야 해. 내가 지금 하고 있는 일을 생각해야지. 멍청한 짓은 절대 해선 안 돼.

그러다가 노인이 큰 소리로 말했다. "그 애가 있으면 좋으련만. 그러면 나를 도와주고 이 광경도 볼 수 있을 텐데."

노년에는 누구도 혼자 있어선 안 돼, 노인은 생각했다. 하지만 그건 불가피한 일이지. 계속 기운을 내려면 다랑어가 상하기 전에 잊지 말고 꼭 먹어두어야겠어. 잊지 말아야지, 아무리 생각이 없더라도 아침에는 다랑어를 꼭 먹어야 한다는 걸. 잊지 말아야지, 그는 혼자서 중얼거렸다.

밤중에는 돌고래 두 마리가 배 근처로 다가와서 몸을 구르며 물을 뿜어대는 소리를 들을 수 있었다. 노인은 수놈이 시끄럽게 물을 내뿜는 소리와 암놈이 한숨 쉬듯 물을 내뿜는 소리를 분간할 수 있었다.

"좋은 녀석들이야." 노인은 말했다. "녀석들은 놀면서 장난을 치고 서로 사랑도 나눠. 날치와 마찬가지로 우리에게는 형제나 다름없지."

그러다가 노인은 자신의 낚싯바늘에 걸린 커다란 고기를 불쌍히 여기기 시작했다. 정말 놀랍고 이상한 녀석인데 대체 나이는 얼마나 먹었을까, 그는 생각했다. 이렇게 힘센 고기는 처음이고, 이렇게 이상하게 구는 고기도 처음이야. 어쩌면 너무 영리해서 날뛰지 않는 건지도 모르겠군. 날뛰거나 거칠게 돌진해서 내 신세를 망쳐놓을 수도 있었을 텐데. 어쩌면 전에도 여러 번 낚싯바늘에 걸려봐서 이럴 때는 이렇게 싸워야 한다는 걸 아는지도 모르지. 자신이 상대하는 게 고작 한 사람이며, 그것도 노인이라는 사실은 꿈에도 모를 거야. 어쨌거나 정말 대단한 고기이고, 만약 질이 좋다면 시장에서 꽤 비싼 값에 팔리겠군. 미끼를 무는 느낌이 꼭 수놈 같았고 배를 끌고 가는 것도 꼭 수놈 같은 데다가 싸우면서도 전혀 겁먹는 기색이 없어. 녀석에게 무슨 계획이 있는 걸까, 아니면 단지 나처럼 필사적으로 버틸 뿐인 걸까?

노인은 청새치 한 쌍 가운데 한 마리를 낚았던 때를 떠올렸다. 청새치 수놈은 늘 암놈이 먼저 먹이를 먹게 하는데, 그래서 낚싯바늘에 걸리게 된 암놈이 겁에 질린 채 사납고 필사적으로 싸우다 곧 탈진해버렸고, 그동안 수놈은 낚싯줄을 넘어 다니고 암놈과 함께 수면을 빙빙 돌기도 하며 계속 암놈 곁에 머물렀었다. 수놈이 너무 가까이 붙어 있었기에 노인은 녀석이 큰 낫처럼 날카롭고 크기나 모양도 큰 낫을 방불케 하는 꼬리로 낚싯줄을 잘라버리진 않을지 걱정이었다. 노인이 암놈을 갈고리로 찍고서 사포 같은 양날을 지닌 기다란 검을 닮은 주둥이를 붙잡은 채 고기 색이 거의 거울 뒷면의 색처럼 변할 때까지 몽둥이로 두들겨 패고는 소년의 도움을 받아 배 위로 끌어 올렸을 때, 그때도 청새치 수놈은 배 옆에 머물러 있었다. 그러고는 노인이 낚싯줄을 정리하고 작살을 준비할 때, 청새치 수놈은 배 옆에서 공중으로 높이 뛰어올라 암놈이 있는 곳을 보더니 자신의 가슴지느러미인 라벤더색 날개를 활짝 펼친 채 넓은 라벤더색 줄무늬를 모두 드러내며 깊은 물속으로 내려갔다. 아름다운 고기였지, 노인은 그때를 떠올렸다. 그리고 녀석은 암놈 곁에 머물렀었어.

그건 내가 청새치를 잡으며 본 가장 슬픈 광경이었어, 노인은 생각했다. 그 애도 슬퍼했고, 그래서 우리는 암놈에게 용서를 빌고는 곧장 칼질을 시작했지.

"그 애가 여기 있으면 좋으련만." 노인은 큰 소리로 말하고서 둥글게 닳은 뱃머리 판자에 몸을 기대고는 양어깨에 멘 낚싯줄을 통해 자신이 택한 목적지로 꾸준히 이동하는 거대한 고기의 힘을 느꼈다.

내 미끼에 배신당했을 때 녀석은 선택할 수밖에 없었을 거야, 노인은 생각했다.

녀석의 선택은 그 어떤 올가미나 덫과 배신행위도 미치지 못하는 깊고 어두운 물속에 머물기로 한 것이었어. 나의 선택은 모든 사람에게서 벗어난 곳으로 가서 녀석을 찾기로 한 것이었고. 이 세상 모든 사람에게서 벗어나서. 이제 우리는 하나로 묶여 있어, 어제 정오부터 계속. 그리고 우리 중 어느 한쪽을 도와줄 이는 아무도 없어.

어쩌면 나는 어부가 되지 말아야 했는지도 몰라, 노인은 생각했다. 하지만 그게 내가 타고난 운명인걸. 날이 밝으면 잊지 말고 꼭 다랑어를 먹어야지.

날이 밝기 얼마 전에 무언가가 노인의 뒤쪽에 있는 미끼 하나를 물었다. 나뭇가지가 부러지는 소리가 들리더니 낚싯줄이 뱃전 너머로 맹렬히 풀려나가기 시작했다. 그는 어둠 속에서 칼집을 느슨하게 해 칼을 빼 들고는 고기의 힘 전부를 왼쪽 어깨로 견디며 상체를 뒤로 젖혀 뱃전의 나무에 대고 낚싯줄을 잘라버렸다. 그러고서 가장 가까이 있는 다른 낚싯줄도 잘라버리고는 어둠 속에서 여분의 낚싯줄 뭉치들의 각 끝을 단단히 묶었다. 그는 낚싯줄 뭉치들을 발로 밟아 고정한 채 한 손으로 단단히 매듭지으며 그 일을 능숙히 해냈다. 이제 그에게는 여분의 낚싯줄 뭉치가 여섯 개나 있었다. 미끼가 달려 있던 낚싯줄에서 잘라낸 게 각각 두 개, 지금 고기가 미끼를 물고 있는 낚싯줄에 연결된 게 두 개로, 여섯 개가 모두 연결되어 있었다.

날이 밝으면 70미터 되는 곳에 내려보낸 낚싯줄도 잘라버리고 거기 달린 여분의 낚싯줄 뭉치도 여기에 연결해두어야겠어, 노인은 생각했다. 질 좋은 카탈루냐산(産) 코르델• 370미터를 낚싯바늘이랑 목줄과 함께 잃게 되겠군. 그거야 대체할 수 있어. 하지만 다른 고기를 잡다가 이 녀석이 줄을 끊고 달아나버리기라도 하면 녀석을 누가 대체해주겠어? 방금 미끼를 문 고기가 뭔지는 나도 몰라. 청새치나 황새치였을 수도 있고, 상어였을 수도 있겠지. 녀석의 입질을 느껴볼 겨를도 없었어. 너무 급히 보내버려야 했으니까.

노인이 큰 소리로 말했다. "그 애가 있으면 좋으련만."

하지만 너한테는 그 애가 없어, 노인은 생각했다. 너한테는 지금 너뿐이고, 어둡건 어둡지 않건 간에 지금 당장 마지막 낚싯줄 쪽으로 가서 그걸 잘라버리고 거기 달린 여분의 낚싯줄 뭉치 두 개를 연결해두는 게 좋을 거야.

• '가는 줄'을 뜻하는 스페인어.

노인은 그렇게 했다. 어둠 속에서 하기엔 어려운 일이었고, 한번은 고기가 몸을 크게 움직이는 바람에 앞으로 고꾸라져 눈 밑에 상처가 나기도 했다. 피가 뺨을 타고 조금 흘러내렸다. 하지만 피는 턱에 이르기도 전에 굳어서 말랐고, 그는 다시 뱃머리로 이동해서 판자에 몸을 기대고 쉬었다. 부대의 위치를 조정하고는 낚싯줄을 조심스레 움직여 양어깨의 다른 부위에 걸쳤고, 양어깨의 힘으로 낚싯줄을 단단히 고정한 채 고기가 당기는 힘을 조심스레 느껴보고는 물에 손을 담가 앞으로 나아가는 조각배의 움직임을 느껴보았다.

녀석이 왜 갑자기 요동을 쳤는지 모르겠군, 노인은 생각했다. 철사 목줄이 녀석의 거대한 언덕 같은 등 위에서 미끄러진 게 틀림없어. 그래도 녀석의 등이 내 등만큼 아프진 않을 거야. 하지만 녀석이 제아무리 크다고 한들 이 배를 영원히 끌고 갈 수는 없겠지. 이제 문제가 될 만한 것은 모두 해결했고 여분의 낚싯줄도 잔뜩 있어. 더는 바랄 게 없구나.

"고기야." 노인이 부드러우면서도 큰 소리로 말했다. "나는 죽을 때까지 네 곁에 있을 거다."

아마 녀석도 내 곁에 있겠지, 노인은 그렇게 생각하고는 날이 밝길 기다렸다. 날이 밝기 전이라 추웠고, 그는 몸을 따뜻하게 하려고 판자 쪽으로 몸을 바짝 붙였다. 녀석이 버티는 한 나도 버틸 수 있어, 그는 생각했다. 동이 트자 낚싯줄이 길게 뻗어나가 물속으로 들어가 있는 모습이 보였다. 배는 꾸준히 나아갔고, 해가 처음으로 머리를 내밀자 노인의 오른쪽 어깨 위로 햇볕이 와 닿았다.

"녀석이 북쪽을 향해 가는군." 노인이 말했다. 해류는 우리를 멀리 동쪽으로 데려갈 거야, 그는 생각했다. 녀석이 해류를 따라 방향을 틀면 좋겠어. 그러면 녀석이 지쳤다는 걸 알 수 있을 테니.

해가 좀 더 떠올랐을 때 노인은 고기가 지치지 않았음을 깨달았다. 좋은 조짐이라고는 고작 하나뿐이었다. 낚싯줄의 기울기로 보아 녀석은 이전보다 덜 깊은 곳을 헤엄치고 있었다. 그게 녀석이 반드시 뛰어오를 거라는 뜻은 아니었다. 하지만 그럴 수도 있었다.

"하느님, 녀석이 뛰어오르게 해주세요." 노인이 말했다. "녀석을 다룰 낚싯줄은 충분합니다."

낚싯줄을 아주 조금만 더 팽팽하게 만들 수 있다면 녀석이 아파서 뛰어오를지도 몰라, 노인은 생각했다. 이제 날도 밝았으니 녀석을 뛰어오르게 하면 등뼈를 따라 자리한 부레에 공기가 가득 찰 테고, 그러면 녀석이 깊은 물속으로 내려가 죽어버리는 일은 없을 거야.

노인이 낚싯줄을 더 팽팽하게 만들려고 애써봤지만 줄은 고기가 걸렸을 때부터 당장이라도 끊어질 듯 팽팽한 상태였고, 줄을 당기려고 상체를 뒤로 젖히자마자 강한 저항감이 느껴져 더는 힘을 주어서는 안 된다는 걸 알 수 있었다. 절대로 줄을 홱 잡아당겨선 안 되겠어, 그는 생각했다. 한 번씩 홱 잡아당길 때마다 낚싯바늘이 박힌 상처가 벌어질 테고, 그러면 녀석이 뛰어오르면서 낚싯바늘을 뱉어버릴 수도 있으니까. 어쨌든 해가 뜨니 기분이 한결 낫고, 이번만은 해를 똑바로 바라보지 않아도 되는군.

낚싯줄에 누런 해초가 걸려 있었지만 노인은 그것이 오히려 고기가 끄는 짐의 무게를 더할 것임을 알고는 만족스러워했다. 밤에 그토록 많은 인광을 내뿜던 누런 멕시코만 해초였다.

"고기야." 노인이 말했다. "나는 너를 정말이지 사랑하고 존경한다. 하지만 오늘이 가기 전에 너를 죽이고야 말 테다."

그렇게 되기를 빌자, 노인은 생각했다.

작은 새 한 마리가 북쪽에서 조각배를 향해 날아왔다. 휘파람새였고, 수면 위를 아주 낮게 날고 있었다. 노인은 새가 몹시 지쳤다는 걸 알 수 있었다.

새는 선미 쪽으로 날아오더니 그곳에 내려앉아 쉬었다. 그러고는 노인의 머리 위를 빙 돌더니 좀 더 편안한 낚싯줄 위에 내려앉아 쉬었다.

"너는 몇 살이니?" 노인이 새에게 물었다. "이번이 너의 첫 여행인 거야?"

노인이 말하는 동안 새가 노인을 쳐다보았다. 새는 너무 지쳐서 낚싯줄이 어떤 상태인지 살펴보지도 않았고, 연약한 다리로 낚싯줄을 꽉 붙잡은 채 아래위로 흔들리고만 있었다.

"줄은 팽팽해." 노인이 새에게 말했다. "너무 팽팽해서 탈이란다. 간밤에는 바람 한 점 없었는데 그렇게 지치면 안 되지. 새들은 앞으로 어떻게 되는 걸까?"

녀석들을 만나러 바다로 나온 매들과 맞닥뜨리게 되겠지, 노인은 생각했다. 하지만 새에게 그런 말을 하진 않았는데, 어차피 이해하지 못할뿐더러 머지않아 매들에 대해 알게 될 것이었기 때문이다.

"푹 쉬렴, 작은 새야." 노인은 말했다. "그러고는 세상 속으로 날아가서 다른 사람이나 새나 고기가 그러듯 너의 운을 시험해보렴."

간밤에 뻣뻣해진 등이 이제는 정말로 아파왔으므로 이렇게 대화하는 게 노인에게는 힘이 되었다.

"새야, 원한다면 우리 집에 머물려무나." 노인이 말했다. "돛을 올리고 지금 불어오는 산들바람을 받으며 너를 육지로 데려가지 못해 미안하구나. 하지만 나는 지금 친구와 함께 있거든."

바로 그때 고기가 갑자기 요동을 치는 바람에 노인은 뱃머리 쪽으로 고꾸라지고 말았는데, 만일 단단히 버티며 낚싯줄을 조금 풀지 않았더라면 뱃전 너머로 넘어가고 말았을 것이다.

새는 낚싯줄이 홱 당겨졌을 때 날아가버렸고, 노인은 새가 떠나가는 걸 보지도 못했다. 그는 오른손으로 조심스레 낚싯줄을 만져보고는 손에서 피가 흐르는 것을 알아차렸다.

"뭔가가 녀석을 아프게 한 모양이로군." 노인이 큰 소리로 말하고는 고기의 방향을 돌릴 수 있는지 알아보려고 낚싯줄을 당겼다. 하지만 줄이 끊어질 지경에 이르자 그대로 힘을 유지한 채 다시 몸을 편히 기대고서 줄에 가해지는 힘을 견뎠다.

"고기야, 너는 지금 이 힘을 느끼고 있겠구나." 노인이 말했다. "하느님은 아시겠지만, 그건 나도 그렇다."

노인은 그제야 주위를 둘러보며 새를 찾았는데, 새가 동무가 되어주길 바랐기 때문이다. 새는 떠나고 없었다.

오래 머물다 가진 않았구나, 노인은 생각했다. 하지만 네가 해안에 이를 때까지 가야 할 길은 더욱더 험난해. 그나저나 녀석이 한 번 홱 잡아당겼다고 상처를 입고 말다니 이게 어찌 된 영문이지? 내가 아주 멍청해지고 있는 게 분명해. 아니면 작은 새를 쳐다보다 거기에 정신이 팔려버렸거나. 이제부터는 이 일에 신경을 기울이고, 힘이 빠지지 않도록 다랑어를 꼭 먹어야겠어.

"그 애가 여기 있으면 좋으련만. 그리고 소금도 좀 있으면 좋을 텐데." 노인이 큰 소리로 말했다.

노인은 낚싯줄의 무게를 왼쪽 어깨로 옮기고 조심스레 무릎을 꿇고는 바닷물에 손을 씻었고, 일 분 이상 손을 바다에 담근 채 피가 기다란 흔적을 남기며 흘러가는 것과 배가 나아가는 동안 끊임없이 손에 와 닿는 바닷물의 움직임을 지켜보았다.

"녀석이 많이 느려졌군." 노인은 말했다.

노인은 소금물에 손을 더 오래 담가두고 싶었지만 고기가 갑자기 또 요동을 칠까봐 걱정되었고, 그래서 자리에서 일어나 몸에 단단히 힘을 준 다음 해를 향해 손을 들어보았다. 낚싯줄에 피부가 쓸려서 생긴 상처일 뿐이었다. 하지만 그곳은 일할 때 주로 사용하는 부위였다. 그는 이 일이 끝나기 전까지는 양손이 다 필요함을 알았기에 일을 시작하기도 전에 상처가 난 것이 달갑지 않았다.

"자." 손이 다 마르자 노인이 말했다. "이제 작은 다랑어를 먹어야겠군. 갈고리로 끌어올 수 있으니 여기서 편안히 먹을 수 있겠어."

노인은 무릎을 꿇고 선미 아래쪽에 갈고랑이를 넣어 다랑어를 찾아낸 다음 낚싯줄 뭉치에 걸리지 않도록 피해가며 자기 쪽으로 끌어왔다. 다시 왼쪽 어깨로 낚싯줄을 지탱하고 왼손과 왼팔에 단단히 힘을 준 채, 그는 갈고랑이 끝에서 다랑어를 빼내고 갈고랑이를 제자리에 두었다. 그는 한쪽 무릎으로 고기를 누르고 대가리 뒤쪽에서 꼬리까지 검붉은 살을 세로로 길게 잘라냈다. 쐐기 모양의 살점들이었고, 그는 그것들을 등뼈 옆에서 배 가장자리까지 잘라냈다. 모두 여섯 조각을 잘라내 뱃머리의 판자 위에 펼쳐놓고는 칼을 바지에 닦고 나서 보니토의 남은 몸뚱이는 꼬리를 집어 뱃전 너머로 던져버렸다.

"한 조각을 통째로 먹을 순 없겠는걸." 노인은 이렇게 말하며 살점 하나를 칼로 잘랐다. 그는 낚싯줄이 여전히 세게 당겨지는 것을 느낄 수 있었는데, 그러다 왼손에 쥐가 나고 말았다. 왼손은 무거운 줄을 쥔 채 단단히 오그라들었고, 그는 혐오스럽다는 듯한 표정으로 그 손을 바라보았다.

"뭐 이런 손이 다 있담." 노인이 말했다. "쥐가 날 테면 나라지. 갈고리발톱처럼 오그라들어보라고. 그래봤자 아무 소용도 없을 테니까."

어디 한번 해보시지, 노인은 이렇게 생각하고는 어두운 물속으로 비스듬히 들어가 있는 낚싯줄을 내려다보았다. 지금 다랑어를 먹으면 손에 힘이 생길 거야. 왼손은 잘못이 없어, 벌써 한참을 녀석과 상대해왔으니. 하지만 녀석을 영원히 상대하게 될는지도 모르지. 지금 보니토를 먹어두자.

노인은 살점 하나를 집어서 입에 넣고는 천천히 씹었다. 맛이 그리 나쁘진 않았다.

잘 씹어서 즙까지 모두 삼켜야지, 노인은 생각했다. 라임이나 레몬, 아니면 소금을 살짝 뿌려 먹어도 나쁘지 않을 텐데.

"이제 좀 어떠냐, 손아?" 쥐가 나서 거의 사후경직이 일어난 것처럼 뻣뻣해진 손에게 노인이 물었다. "너를 위해 좀 더 먹어주마."

노인은 두 조각으로 잘라놓았던 살점 중 나머지 조각을 먹었다. 조심스레 씹고는 껍질을 뱉어냈다.

"어떤 것 같으냐, 손아? 아직은 너무 일러서 모르려나?"

노인은 또 다른 조각을 통째로 입에 넣고 씹어 먹었다.

힘차고 혈기 왕성한 고기야, 노인은 생각했다. 만새기 대신 이 녀석을 잡아서 다행이로군. 만새기는 너무 달단 말이지. 이 녀석은 전혀 달지도 않으면서 모든 기운을 그대로 간직하고 있어.

하지만 실질적으로 도움이 되는 것 말고는 아무 소용도 없어, 노인은 생각했다. 소금이 좀 있으면 좋으련만. 남은 고기가 햇볕에 상할지 건조될지 알 수 없으니 배가 고프지 않더라도 전부 먹어버리는 게 좋겠어. 저 녀석은 차분하고 한결같군. 다랑어를 다 먹고 나면 나도 준비가 되어 있을 거야.

"조금만 참아라, 손아." 노인이 말했다. "너를 위해 이러는 거니까."

저 녀석에게도 뭘 좀 먹일 수 있으면 좋으련만, 노인은 생각했다. 녀석은 나의 형제야. 하지만 나는 녀석을 죽여야만 하고, 그러려면 계속 기운을 차려야만 해. 그는 천천히, 그리고 착실히 쐐기 모양의 고기 살점을 모두 먹어치웠다.

노인은 손을 바지에 닦으며 몸을 꼿꼿이 폈다.

"자." 노인은 말했다. "이제 줄을 놓아도 된다, 왼손아, 네가 그 허튼수작을 관둘 때까지 오른팔만으로 녀석을 다루어볼 테니까." 그는 왼손으로 잡고 있던 무거운 줄을 왼발로 밟고는 등이 휘도록 당기는 힘에 맞서 몸을 뒤로 젖혔다.

"하느님, 쥐가 풀리게 도와주세요." 노인이 말했다. "저 고기가 앞으로 무슨 짓을 벌일지 모르니 말입니다."

하지만 녀석은 침착해 보이고 자기 계획대로 움직이고 있는 것 같아, 노인은 생각했다. 그런데 녀석의 계획이란 과연 뭘까, 노인은 생각했다. 그리고 내 계획은 또 뭐지? 녀석은 몸집이 거대하니까 나로서는 녀석의 계획에 따라 즉흥적으로 대처해나가는 수밖에 없어. 만일 녀석이 뛰어오르기만 해주면 죽일 수 있을 텐데. 하지만 녀석은 저 아래서 영영 버티고 있어. 그러니 나도 이렇게 녀석과 함께 영영 버티는 수밖에.

노인은 쥐가 난 손을 바지에 문지르며 손가락을 부드럽게 만들어보려 애썼다. 하지만 손은 펴지질 않았다. 해가 높이 뜨면 펴질지도 몰라, 그는 생각했다. 날것으로 먹은 튼튼한 다랑어가 소화되면 펴질지도 모르지. 만일 왼손을 꼭 써야 한다면 어떤 대가를 치르고서라도 펴고야 말겠어. 하지만 지금 강제로 펴고 싶진 않아. 저절로 펴져서 원래대로 돌아가도록 내버려두어야지. 어쨌든 간밤에 이런저런 낚싯줄을 끊고 연결하느라 너무 혹사해서 그런 거니까.

노인은 바다를 건너다보고는 자신이 지금 얼마나 고독한지 깨달았다. 하지만 그는 깊고 어두운 바다가 만들어내는 무지갯빛과 앞으로 쭉 뻗은 낚싯줄과 기이하게 굽이치는 고요한 물결을 볼 수 있었다. 이제 무역풍 때문에 구름이 뭉게뭉게 피어오르고 있었고, 앞으로는 물오리 떼가 수면 위 하늘을 배경으로 자신들을 아로새겼다가 흐릿해지더니 다시 아로새기는 모습이 보였는데, 그 모습 덕분에 그는 바다에서는 누구도 결코 고독할 수 없다는 것을 깨달았다.

노인은 어떤 사람들은 작은 배를 타고 육지가 보이지 않는 곳까지 나오는 것을 두려워한다는 사실을 떠올렸고, 갑자기 날씨가 나빠지는 철에는 그렇게 두려워하는 것도 일리가 있다고 생각했다. 하지만 지금은 허리케인이 발생하는 철이고, 허리케인이 발생하는 철은 허리케인만 발생하지 않는다면 1년 중 날씨가 가장 좋은 때다.

바다에 나온 사람은 허리케인이 발생하기 며칠 전에 하늘을 보고서 늘 그 기미를 알아차릴 수 있다. 육지에서 사람들이 그것을 알아차리지 못하는 것은 무얼 봐야 할지 모르기 때문이지, 노인은 생각했다. 육지에서도 구름의 모양이 다르게 보이긴 할 거야. 어쨌든 지금은 허리케인이 발생할 기미는 보이지 않아.

노인이 하늘을 바라보자 정겨운 아이스크림처럼 잔뜩 피어오른 하얀 뭉게구름이 눈에 들어왔고, 더 높은 곳에는 9월의 드높은 하늘을 배경으로 엷은 깃털 같은 새털구름이 떠 있었다.

"가벼운 브리사•로군." 노인이 말했다. "고기야, 너보다는 나한테 유리한 날씨로구나."

왼손은 여전히 쥐가 난 상태였지만 서서히 풀리고 있었다.

쥐가 나는 건 정말 질색이야, 노인은 생각했다. 그건 내 몸이 나를 배반하는 거나 다름없으니까. 남들 앞에서 식중독으로 설사하거나 구토하는 건 창피한 일이지. 하지만 혼자 있을 때 쥐, 그러니까 칼람브레••가 나는 건 특히 창피한 일이야.

그 애가 여기 있다면 나를 위해 손을 주물러주면서 팔뚝부터 쥐를 풀어줄 텐데, 노인은 생각했다. 하지만 쥐는 곧 풀릴 거야.

바로 그때, 낚싯줄을 당기는 힘의 변화가 오른손에 느껴지

• '산들바람', '무역풍' 등을 뜻하는 스페인어.

•• '경련', '쥐' 등을 뜻하는 스페인어.

더니 물속에 드리워진 줄의 기울기가 변하는 게 보였다. 그러고는 노인이 줄의 힘에 맞서 몸을 젖힌 채 왼손을 허벅지에 빠르고 세게 때려대고 있을 때 줄의 기울기가 서서히 완만해지는 게 보였다.

"녀석이 올라오고 있다." 노인이 말했다. "어서, 손아. 제발 정신 좀 차려."

낚싯줄이 천천히, 그리고 끊임없이 올라오더니 배 앞쪽의 수면이 부풀어 오르면서 고기가 모습을 드러냈다. 녀석의 모습은 한참이 지나도 다 보이지 않았고, 녀석의 양 옆구리로는 물이 쏟아져 내렸다. 녀석은 햇빛 속에서 눈부시게 빛났는데, 머리와 등은 짙은 자줏빛이었고, 양 옆구리의 넓은 줄무늬는 햇빛 속에서 연한 라벤더색으로 빛났다. 칼 같은 주둥이는 야구방망이처럼 긴 데다 기다란 검처럼 끝으로 갈수록 가늘어지는 형태였는데, 녀석은 전신을 드러내며 물 위로 뛰어오르더니 다이빙 선수처럼 매끄럽게 다시 물속으로 들어갔고, 노인은 거대한 낫 같은 꼬리가 물속으로 사라지면서 낚싯줄이 빠르게 풀려나가기 시작하는 것을 보았다.

"이 배보다 60센티미터는 더 긴 녀석이로군." 노인이 말했다. 낚싯줄이 빠르면서도 일정하게 풀려나가는 것으로 보아 고기는 겁에 질린 상태가 아니었다. 노인은 양손으로 낚싯줄을 당기며 줄이 끊어지지 않을 만큼만 힘을 주려 애썼다. 만일 꾸준히 힘을 줘서 고기의 속도를 떨어뜨리지 못하면 결국 고기가 줄을 다 풀어버린 다음 끊어버릴 수도 있다는 걸 그는 알고 있었다.

녀석은 거대한 고기니 반드시 제압해야만 해, 노인은 생각했다. 녀석이 자기 힘이 얼마나 센지, 또 필사적으로 도망치면 어떻게 되는지 절대 알게 해선 안 돼. 만일 내가 녀석이라면 당장 모든 걸 걸고 어딘가 망가질 때까지 애써볼 텐데. 하지만 정말 다행히도 녀석들은 자기들을 죽이는 우리만큼 똑똑하지 못해. 비록 우리보다 더 고결하고 더 유능한 존재들이긴 하지만 말이야.

노인은 거대한 고기를 많이 봐왔다. 450킬로그램이 넘는 고기도 많이 봐왔고, 살면서 그만한 크기의 고기를 두 마리나 잡기도 했지만 혼자서 잡은 적은 없었다. 이제 혼자서, 육지도 보이지 않는 곳에서 그는 지금껏 보고 들은 중 가장 커다란 고기와 맞붙고 있었고, 그의 왼손은 여전히 무언가를 움켜쥔 매의 발톱처럼 단단히 오그라들어 있었다.

하지만 쥐는 풀릴 거야, 노인은 생각했다. 분명 풀려서 오른손을 도울 거야. 서로 형제인 게 셋 있지. 바로 저 고기와 내 두 손. 쥐는 반드시 풀려야만 해. 쥐가 나는 건 손으로서 자격 미달이야. 고기는 다시 속도를 늦추고 평상시의 속도대로 나아가고 있었다.

녀석은 왜 뛰어올랐을까, 노인은 생각했다. 마치 자기가 얼마나 큰지 보여주기라도 하려고 뛰어오른 것만 같아. 어쨌든 덕분에 나는 녀석이 얼마나 큰지 알았지, 그는 생각했다. 녀석에게 내가 어떤 부류의 인간인지 보여줄 수 있으면 좋으련만. 하지만 그러면 녀석은 쥐가 난 손도 보게 되겠지. 녀석이 나를 실제보다 더 뛰어난 인간으로 여기게 내버려두자, 그리고 실제로도 그런 인간이 되자. 내가 저 고기라면, 그저 나의 의지와 지력에 맞서 모든 걸 걸고 있는 저 고기라면 좋으련만, 그는 생각했다.

노인은 판자에 몸을 편안히 기대고서 찾아오는 고통을 받아들였고, 고기는 꾸준히 헤엄쳐 갔으며, 배는 천천히 어두운 바다를 나아갔다. 동쪽에서 바람이 불어와 물결이 조금 일었고, 정오가 되자 노인의 왼손은 쥐가 풀렸다.

"고기야, 너한테는 나쁜 소식이로구나." 노인은 이렇게 말하며 어깨를 덮고 있는 부대 위에서 낚싯줄의 위치를 이동시켰다.

노인은 편안했지만 고통스러웠는데, 그러면서도 그 고통을 전혀 인정하지 않았다.

"나는 신앙심이 그리 깊진 않아." 노인은 말했다. "하지만 이 고기를 잡을 수만 있다면 주기도문과 성모송을 열 번씩이라도 외울 테고, 만일 녀석을 잡는다면 코브레의 성모상을 보러 가는 성지순례를 떠나겠다고 약속해. 정말 약속한 거야."

노인은 기계적으로 기도하기 시작했다. 때때로 너무 피곤해서 기도문이 기억나지 않을 때도 있었는데, 그러면 그는 기도가 자동으로 나오도록 아주 빠르게 기도문을 외우곤 했다. 성모송이 주기도문보다 외우기 쉽군, 그는 생각했다.

"은총이 가득하신 마리아님, 기뻐하소서! 주님께서 함께 계시니 여인 중에 복되시며, 태중의 아들 예수님 또한 복되시나이다. 천주의 성모 마리아님, 이제 와 저희 죽을 때에 저희 죄인을 위하여 빌어주소서. 아멘." 그러고는 이렇게 덧붙였다. "복되신 성모 마리아님, 이 고기의 죽음을 위하여 빌어주소서. 물론 아주 놀라운 녀석이긴 합니다만."

기도를 마치자 기분은 훨씬 더 나아졌지만 고통은 그대로이거나 좀 더 심해진 듯했고, 노인은 뱃머리의 판자에 몸을 기댄 채 왼손의 손가락들을 기계적으로 움직여보기 시작했다.

산들바람이 부드럽게 일고 있었지만 이제 태양은 뜨거웠다.

"가는 낚싯줄에 다시 미끼를 달아서 선미 너머로 드리워두는 게 좋겠어." 노인은 말했다. "녀석이 하룻밤 더 버티기로 결심한다면 나도 다시 뭘 좀 먹어야 할 테고 물병에는 물도 얼마 남지 않았으니까. 여기서는 만새기 말고는 아무것도 잡을 수 없겠어. 하지만 만새기도 아주 싱싱할 때 먹으면 그리 나쁘지 않을 거야. 오늘 밤에 날치라도 한 마리 배로 뛰어들어주면 좋으련만. 하지만 날치를 유인할 불빛이 없어. 날치는 날것으로 먹기 아주 그만인 데다가 칼로 토막 낼 필요도 없지. 이제 힘을 최대한 아껴두어야만 해. 맙소사, 녀석이 그렇게 큰 줄은 미처 몰랐군."

"그래도 난 녀석을 죽이고야 말겠어." 노인이 말했다. "정말 위대하고 의기양양한 저 녀석을."

물론 부당한 일이긴 하지, 노인은 생각했다. 하지만 나는 녀석에게 인간이 무엇을 할 수 있는지, 어디까지 견딜 수 있는지 보여주고 말겠어.

"그 애한테 내가 별난 노인네라고 말했었지." 노인이 말했다. "이제 그걸 증명해 보일 때가 온 거야."

그가 이미 그걸 수천 번이나 증명해 보였다는 사실은 아무 의미도 없었다. 이제 그는 그걸 다시 증명해 보이려 하고 있었다. 매 순간이 새로웠고, 그걸 증명해 보일 때 과거는 전혀 생각지도 않았다.

녀석이 잠들면 좋으련만. 그러면 나도 잠을 자며 사자 꿈을 꿀 수 있을 텐데, 노인은 생각했다. 왜 하필 사자들만 머릿속에 남게 된 거지? 노인네야, 생각은 하지 말자, 그가 혼자서 중얼거렸다. 아무 생각도 하지 말고 이제 판자에 기대서 가만히 쉬도록 해. 녀석은 지금 애를 쓰고 있어. 자네는 최대한 애를 덜 써야지.

시간은 오후로 접어들었고, 배는 여전히 천천히, 그리고 꾸준히 나아갔다. 하지만 이제 동쪽에서 불어오는 산들바람 때문에 저항감이 살짝 더해졌고, 노인은 물결이 조금 이는 바다를 부드럽게 떠갔으며, 등을 가로지른 줄로 인한 아픔도 한결 편안하고 가벼워졌다.

오후가 되자 낚싯줄이 다시 한번 올라오기 시작했다. 하지만 고기는 아주 살짝만 올라오더니 계속 그 높이에서 헤엄칠 뿐이었다. 태양이 노인의 왼팔과 어깨와 등을 비추고 있었다. 그래서 그는 고기가 북동쪽으로 방향을 틀었다는 것을 알았다.

이제 녀석을 한 번 보았으므로, 노인은 고기가 자줏빛 가슴지느러미를 날개처럼 활짝 펼치고 거대한 꼬리를 똑바로 세운 채 어두운 물속을 가르며 헤엄쳐 가는 모습을 머릿속에 그려볼 수 있었다. 저 정도 깊이에서 녀석이 얼마나 잘 볼 수 있을지 궁금하군, 노인은 생각했다. 녀석의 눈은 엄청나게 큰데, 말은 그보다 훨씬 더 작은 눈으로도 어둠 속에서 잘 볼 수 있으니 말이야. 한때는 나도 어둠 속에서 아주 잘 볼 수 있었지. 완전히 깜깜한 어둠 속만 아니라면. 하지만 그래도 거의 고양이가 보는 만큼은 볼 수 있었어.

햇볕을 쬐고 손가락을 꾸준히 움직인 덕분에 이제 왼손의 쥐는 완전히 풀렸고, 그래서 노인은 왼손에 좀 더 힘을 싣기 시작하면서 등 근육을 움직여 줄이 아프게 누르는 부위를 조금 이동시켰다.

"고기야, 아직도 지치지 않았다면, 너도 아주 별종임이 틀림없구나." 노인이 큰 소리로 말했다.

노인은 이제 몹시 지쳤고, 곧 밤이 오리라는 것을 알았기에 다른 생각을 해보려 애썼다. 노인은 메이저 리그, 그러니까 '그란 리가스'•를 생각했는데, 그는 뉴욕 양키스와 디트로이트 타이거스의 경기가 있다는 것을 알고 있었다.

후에고스••의 결과를 알지 못한 지도 오늘로 이틀째로군, 노인은 생각했다. 하지만 나는 확신을 가져야만 하고, 발뒤꿈치의 뼈 돌기 때문에 고통스러워하면서도 모든 걸 완벽히 해내는 저 위대한 디마지오를 본받아야만 해. 뼈 돌기를 뭐라고 하더라? 그는 스스로에게 물었다. 운 에스푸엘라 데 우에소. 우리는 그런 병에 안 걸리지. 발뒤꿈치에 싸움닭의 쇠발톱이 박힌 것처럼 고통스러울까? 나는 그런 건 견디지 못할 테고, 싸움닭처럼 한쪽 눈이나 양쪽 눈을 잃고서 계속 싸우는 짓도 하지 못할 거야. 인간이란 그런 위대한 새나 짐승에 비하면 별것 아니지. 지금도 나는 차라리 이 어두운 바닷속에 있는 저 짐승이 되고픈 심정이야.

• '메이저 리그'를 뜻하는 스페인어.

•• '경기', '시합' 등을 뜻하는 스페인어 '후에고'의 복수형.

"상어만 나타나지 않는다면." 노인이 큰 소리로 말했다. "상어가 나타나면 하느님께서 녀석과 나를 불쌍히 여겨주셔야겠지."

저 위대한 디마지오는 내가 이 녀석을 상대하고 있는 것만큼이나 오랫동안 녀석을 상대해낼 수 있을까? 노인은 생각했다. 상대해내는 건 물론이고, 젊고 힘이 세니까 더 잘 상대해낼 수 있을 거야. 그의 아버지가 어부이기도 했으니까. 하지만 뼈 돌기 때문에 너무 고통스럽진 않을까?

"모르겠군." 노인이 큰 소리로 말했다. "나야 뼈 돌기가 생겨본 적이 없으니."

해 질 무렵 노인은 좀 더 자신감을 얻기 위해 카사블랑카•의 한 선술집에서 덩치 큰 흑인과 팔씨름했던 때를 떠올렸는데, 시엔푸에고스•• 출신의 그 흑인은 그곳 부두에서 가장 힘이 센 남자였다. 두 사람은 분필로 선을 그어놓은 탁자 위에 팔꿈치를 올린 채 팔뚝을 똑바로 세우고 손을 꽉 움켜쥐고는 하룻낮과 하룻밤을 꼬박 보냈다. 둘 다 상대방의 손을 탁자 위로 내리누르려고 무진장 애를 썼다. 많은 판돈이 걸렸고, 석유등 불빛이 비치는 가운데 사람들이 방을 들락거렸으

• 아바나만 동쪽에 위치한 구(區).

•• 쿠바 남부의 항구도시.

며, 그는 흑인의 팔과 손과 얼굴을 쳐다보고 있었다. 처음 여덟 시간이 지난 후로는 심판들이 잠을 잘 수 있게 네 시간마다 심판을 교체했다. 그의 손톱과 흑인의 손톱 밑에서 똑같이 피가 흘러내렸고, 두 사람은 상대방의 눈과 손과 팔뚝을 쳐다보았으며, 방을 들락거리던 내기꾼들은 벽에 기대어놓은 높은 의자에 앉아 승부를 지켜보았다. 판자로 된 벽은 밝은 파란색으로 칠해져 있었고, 등불의 불빛이 두 사람의 그림자를 벽에 드리우고 있었다. 흑인의 그림자는 거대했고, 산들바람이 등불을 흔들 때마다 그림자가 벽에서 어른거렸다.

승부는 밤새 엎치락뒤치락했고, 사람들은 흑인에게 럼주를 가져다주고 담뱃불을 붙여주었다. 흑인은 럼주를 마시고서 엄청난 힘을 쏟아부었는데, 한번은 노인의 팔을, 그러니까 그때는 노인이 아니라 '엘 캄페온'• 산티아고이던 그의 팔을 거의 8센티미터 정도 기울어지게 했다. 하지만 노인은 다시 힘을 쏟아 팔을 완전히 원위치로 되돌려놓았다. 그때 그는 자신이 훌륭한 친구이자 힘이 장사인 그 흑인을 꺾은 거나 마찬가지라고 확신했다. 동이 틀 무렵, 내기꾼들이 무승부로 하자며 요구하고 심판은 고개를 젓고 있을 때 노인은 젖 먹던 힘을 다해 흑인의 손을 내리누르고 또 내리눌러 결국 탁자 위

• '챔피언'을 뜻하는 스페인어.

에 눕혀버렸다. 대결은 일요일 아침에 시작해서 월요일 아침에야 끝났다. 여러 내기꾼이 무승부를 요구했던 것은 부두로 나가서 설탕 부대를 싣는 일을 하거나 아바나 석탄 회사로 일하러 가야 했기 때문이다. 그렇지 않았다면 결판이 날 때까지 대결이 계속되기를 다들 바랐을 것이다. 하지만 그는 어쨌든 결판을 지었고, 그것도 다들 일하러 갈 시간이 되기 전에 그렇게 했다.

그 후로 오랫동안 다들 그를 '챔피언'이라고 불렀고, 봄에는 리턴 매치가 있었다. 하지만 판돈이 많이 걸리진 않았고, 첫 대결에서 그가 시엔푸에고스 출신인 그 흑인의 자신감을 꺾어놓았기 때문에 이번에는 아주 쉽게 이길 수 있었다. 그 후에도 몇 차례 더 대결이 있었지만 그 이상은 하지 않았다. 그는 자신이 정말 간절히 원하기만 하면 누구든 이길 수 있다고 판단했고, 또한 오른손으로 하는 팔씨름이 고기잡이에 좋지 않다고 판단했다. 그는 시험 삼아 왼손으로 대결해본 적이 몇 번 있었다. 하지만 왼손은 언제나 그를 배반했고 그가 시키는 대로 하려 하지 않았기에 그는 왼손을 신뢰하지 않았다.

이제 햇볕이 손을 말랑말랑하게 잘 덥혀주겠지, 노인은 생각했다. 밤에 너무 추워지지만 않는다면 다시 쥐가 나는 일은 없을 거야. 오늘 밤에는 무슨 일이 기다리고 있을지 궁금하군.

마이애미로 가는 비행기 한 대가 머리 위로 지나갔고, 노인은 비행기 그림자에 놀라 뛰어오르는 날치 떼를 지켜보았다.

“날치가 저렇게 많은 걸 보니 만새기도 있겠어.” 노인은 그렇게 말하고 나서 고기를 조금이라도 끌어올 수 있는지 확인해보려고 낚싯줄을 잡은 채로 몸을 뒤로 젖혔다. 하지만 조금도 끌어올 수 없었고, 줄은 줄곧 팽팽한 상태로 당장이라도 끊어질 듯 부르르 떨며 물방울을 튕겼다. 배는 천천히 앞으로 나아갔고, 그는 비행기가 더는 보이지 않을 때까지 지켜보았다.

비행기를 타면 정말 이상할 거야, 노인은 생각했다. 저렇게 높은 데서는 바다가 어떻게 보일지 궁금하군. 너무 높이 날지만 않는다면 고기도 잘 보일 거야. 400미터쯤 되는 높이로 아주 천천히 날면서 고기를 내려다봤으면 좋겠어. 바다거북잡이 배를 탔을 때 돛대 꼭대기의 가로대에 올라가곤 했었는데, 그 정도 높이에서도 많은 게 보였지. 그곳에서는 만새기가 더 짙은 초록빛으로 보였고 녀석들의 줄무늬와 자줏빛 반점도 볼 수 있는 데다가 녀석들이 떼를 지어 헤엄치는 모습까지 전부 볼 수 있었어. 어두운 해류를 따라 빠르게 헤엄치는 고기들은 왜 다들 등이 자줏빛이고 대개 자줏빛 줄무늬나 반점을 가지고 있는 걸까? 물론 만새기야 실제로는 황금빛이어서 초록빛으로 보이긴 하지만. 그렇지만 만새기가 정말 굶주려서 뭘 먹을 때가 되면 청새치처럼 양 옆구리에 자줏빛 줄무늬가 나타나지. 그런 줄무늬가 나타나는 건 화가 났기 때문일까, 아니면 더 빠른 속도로 헤엄치기 때문일까?

어두워지기 직전, 거대한 섬 같은 사르가소 해초 더미가 잔잔한 물결 위에서 들썩이고 흔들리는 모습이 마치 바다가 노란 담요 아래서 무언가와 사랑이라도 나누는 것처럼 보이는 곳을 지나가던 바로 그때 노인의 가는 낚싯줄에 만새기가 걸렸다. 녀석이 공중에 뛰어올라 석양빛에 순금과도 같은 색깔로 빛나며 사납게 몸을 비틀고 퍼덕거렸을 때 그는 그게 만새기임을 알았다. 만새기는 겁에 질린 나머지 곡예를 부리며 계속해서 몇 번이고 뛰어올랐고, 그는 천천히 선미 쪽으로 가서 몸을 웅크리고는 오른손과 오른팔로 굵은 낚싯줄을 붙잡은 채 왼손으로 만새기가 걸린 줄을 끌어당기며 줄이 당겨질 때마다 왼쪽 맨발로 눌러 밟았다. 만새기가 필사적으로 이리저리 몸을 던지고 돌진해대며 선미 쪽으로 끌려왔을 때, 노인은 선미 너머로 몸을 구부려 자줏빛 반점에 황금빛으로 번쩍이는 녀석을 선미 안쪽으로 끌어올렸다. 만새기는 낚싯바늘을 물어서 끊어내려고 주둥이를 발작적으로 빠르게 움직여대고 대가리와 꼬리와 길고 납작한 몸으로 배 바닥을 두드려댔는데, 그러다 노인이 그 빛나는 황금빛 대가리를 몽둥이로 두들겨 패자 그제야 가볍게 몸을 떨고는 잠잠해졌다.

노인은 만새기의 주둥이에서 낚싯바늘을 빼내고는 정어리를 다시 미끼로 매달아 바다로 던졌다. 그러고는 다시 천천히 뱃머리 쪽으로 돌아갔다. 그는 왼손을 씻고 바지에 닦았다. 그러고서 오른손에 쥐고 있던 무거운 낚싯줄을 왼손으로 옮기고는 오른손을 바닷물에 씻으면서 바다 너머로 해가 지는 모습과 굵은 낚싯줄이 비스듬히 기울어 있는 모습을 지켜보았다.

"녀석은 조금도 변함이 없군." 노인이 말했다. 하지만 오른손에 느껴지는 물살의 흐름으로 미루어 속도가 상당히 느려졌음을 알 수 있었다.

"노 두 개를 단단히 묶어서 선미에 가로로 매달아두면 밤새 녀석의 속도를 떨어뜨릴 수 있을 거야." 노인이 말했다. "녀석은 오늘 밤도 잘 견뎌낼 테고, 그건 나도 마찬가지지."

만새기 살이 피를 머금게 하려면 내장은 조금 있다가 제거하는 게 낫겠어, 노인은 생각했다. 그건 조금 있다가 하면 되고, 녀석에게 짐을 더 지우기 위해 노를 단단히 묶어두는 일도 그때 하면 돼. 지금은 해 질 녘이니 녀석을 가만히 내버려둔 채 너무 많이 괴롭히지 않는 게 좋겠어. 해 질 녘은 어떤 고기에게든 힘든 시간이니까.

노인은 손을 바람에 말리고는 그 손으로 낚싯줄을 움켜쥔 채 최대한 편한 자세를 취하며 고기가 자신을 끌고 가도록 판자에 몸을 기댔는데, 그런 식으로 자신이 끄는 힘만큼의 힘 혹은 그 이상의 힘을 배에 떠맡길 수 있었다.

나는 요령을 익혀나가고 있어, 노인은 생각했다. 어쨌든 이 경우에는 이렇게 해야 하는군. 게다가 녀석은 덩치가 커서 많이 먹어야 하는데도 미끼를 문 뒤로 아무것도 먹지 못했다는 사실을 기억해야만 해. 나는 보니토 한 마리를 통째로 먹었지. 내일은 만새기를 먹을 거야. 그는 만새기를 '도라도'•라고 불렀다. 어쩌면 내장을 제거할 때 조금 먹어두어야 할지도 모르겠군. 보니토보다는 먹기가 힘들 거야. 그렇긴 하지만 세상에 쉬운 일이 어디 있겠어.

"기분이 좀 어떠냐, 고기야?" 노인이 큰 소리로 물었다. "나는 기분이 좋고, 왼손도 좋아졌고, 오늘 밤과 내일 낮에 먹을 식량도 있지. 어디 한번 배를 끌어보려무나, 고기야."

노인은 실제로는 기분 좋은 상태가 아니었는데, 왜냐하면 등에 멘 낚싯줄로 인한 고통이 고통을 넘어 거의 무감각해진 수준에 이른 것은 아닌지 의심스러울 지경이었기 때문이다. 하지만 나는 이보다 더한 일도 겪어봤어, 그는 생각했다. 오른손에 상처가 조금 났을 뿐이고 왼손의 쥐도 다 풀렸어. 두 다리도 완전 멀쩡해. 또한 식량 문제에 있어서는 내가 녀석보다 우위를 점하고 있어.

9월에는 해가 지면 금방 어두워졌으므로 이제 날은 어두워

• '황금색의', '금박' 등을 뜻하는 스페인어로, 영어로는 '만새기'를 뜻한다.

져 있었다. 노인은 뱃머리의 닳은 판자에 몸을 기대고 누워 최대한 휴식을 취했다. 첫 별들이 떠 있었다. 그는 리겔성•이라는 이름을 몰랐지만 그 별을 보고는 곧 다른 별들도 모두 떠오를 것임을, 그리하여 먼 곳으로 떠난 친구들을 모두 만나게 될 것임을 알았다.

"저 고기도 내 친구지." 노인은 큰 소리로 말했다. "저런 고기는 지금껏 듣도 보도 못 했어. 하지만 나는 녀석을 죽여야만 해. 별들은 죽이려 애쓰지 않아도 되니 얼마나 다행인지."

사람이 매일 달을 죽이려 애써야 한다면 어떻게 될까, 노인이 생각했다. 달은 달아나버리겠지. 심지어 사람이 매일 태양을 죽이려 애써야 한다면 어떻게 될까? 우리는 행운을 타고난 거야, 그는 생각했다.

그러자 노인은 아무것도 먹지 못한 그 커다란 고기가 안됐다는 생각이 들었는데, 그처럼 슬퍼하는 와중에도 녀석을 죽이겠다는 결심은 조금도 흔들리지 않았다. 녀석을 잡으면 몇 사람이나 먹일 수 있을까, 그는 생각했다. 하지만 그 사람들은 녀석을 먹을 자격이 있을까? 아니, 당연히 없지. 녀석의 행동거지나 대단히 위엄 있는 모습을 생각해보면 녀석을 먹을 자격이 되는 사람은 아무도 없어.

• 오리온자리에서 두 번째로 밝은 별.

나는 이런 일들은 잘 모르겠어, 노인은 생각했다. 어쨌거나 우리가 태양이나 달이나 별들을 죽이려 애쓰지 않아도 된다는 건 다행스러운 일이야. 바다에서 살아가면서 우리의 진정한 형제들을 죽이는 것만으로도 충분하니까.

자, 이제 녀석에게 짐을 더 지우는 일에 대해 생각해볼 차례로군, 노인은 생각했다. 거기엔 위험이 따르는 동시에 이점도 있지. 만일 녀석이 용을 쓰는데 짐으로 매달아놓은 노가 제 역할을 다해서 배가 무거워진다면, 나는 줄을 너무 많이 풀어서 녀석을 놓치게 될지도 몰라. 배가 가벼우면 우리 둘이 겪는 고통의 시간은 늘어나겠지만 나에게는 그 편이 안전한데, 왜냐하면 녀석은 지금껏 내지 않은 엄청난 속도를 숨기고 있을 테니 말이야. 일이 어떻게 흘러가든 만새기가 상하지 않도록 내장을 제거하고, 기운을 차리기 위해 녀석을 좀 먹어두어야겠어.

이제 한 시간만 더 쉬었다가 녀석이 그때도 힘차고 꾸준한지 살핀 후에 다시 선미로 가서 작업을 하고 결정을 내려야겠군. 그러는 사이에 녀석이 어떻게 행동하는지, 어떤 변화를 보이는지 지켜보면 돼. 노를 매달아놓는 것은 훌륭한 묘책이지만 지금은 신중해야 할 때야. 녀석은 여전히 대단하고, 주둥이 한구석에 낚싯바늘이 걸려 있는데도 주둥이를 꾹 다물고 있는 걸 내 눈으로 보았으니까. 낚싯바늘에 걸리는 형벌이야 아무것도 아니지. 무엇보다 중요한 건 굶주림이라는 형벌과 자신이 이해할 수 없는 무언가와 맞서고 있다는 사실이야. 자, 노인네야, 이제 좀 쉬고, 다음 할 일이 생길 때까진 녀석을 저대로 헤엄치게 내버려두자.

노인은 자신이 두 시간쯤 쉬었다고 생각했다. 늦게까지 달이 뜨지 않는 시기여서 시간이 얼마나 흘렀는지 짐작할 도리가 없었다. 그리고 어디까지나 상대적인 의미에서 쉬었다는 말이지 정말로 쉰 것은 아니었다. 그는 낚싯줄을 양어깨에 멘 채 고기가 당기는 힘을 여전히 견디고 있었는데, 한편으로는 왼손으로 뱃머리의 뱃전을 잡은 채 고기에게 저항하는 힘을 조금씩 조금씩 배 자체에 내맡기고 있기도 했다.

낚싯줄을 묶어둘 수만 있다면 일이 정말 간단해질 텐데, 노인은 생각했다. 하지만 녀석이 한 번만 살짝 요동을 쳐도 줄이 끊어질 수 있어. 줄이 당겨지는 힘을 내 몸으로 감당해내면서 늘 양손으로 줄을 풀어줄 준비를 하고 있어야만 해.

"이보게, 이 노인네야, 그런데 자네는 아직 한숨도 못 자지 않았는가." 노인은 큰 소리로 말했다. "반나절과 하룻밤, 그리고 또 오늘이 꼬박 지나도록 자네는 한숨도 못 잤어. 녀석이 계속 조용히 헤엄치는 동안 잠을 조금이라도 자둘 방법을 생각해내야만 해. 잠을 안 자면 머리가 흐려질지도 몰라."

내 머리는 충분히 맑아, 노인은 생각했다. 너무 맑아서 탈이지. 내 형제인 저 별들만큼이나 밝아. 그래도 잠은 자야만 해. 별들도 잠을 자고 달과 태양도 잠을 자고, 이따금 해류의 움직임이 그치고 죽은 듯이 고요할 때면 심지어 바다도 잠을 자니까.

어쨌든 잠을 자야 한다는 걸 잊지 말아야 해, 노인은 생각했다. 잠을 자두도록 하고, 또 낚싯줄 문제를 해결할 뭔가 간단하고 확실한 방법도 생각해내야지. 이제 다시 선미로 가서 만새기를 손질하자. 잠을 꼭 자야 한다면 노를 짐으로 매달아 놓는 것은 너무 위험한 일이야.

잠을 안 자고도 견딜 수 있을 거야, 노인이 혼자서 중얼거렸다. 하지만 그러면 너무 위험하겠지.

노인은 고기를 홱 잡아당기지 않도록 조심하며 무릎을 꿇고서 천천히 선미 쪽으로 기어갔다. 녀석이야말로 반쯤 잠들어 있는지도 몰라, 그는 생각했다. 하지만 녀석이 쉬면 곤란하지. 녀석은 죽을 때까지 배를 끌어야만 해.

선미로 돌아간 노인은 양어깨에 두른 낚싯줄의 힘을 왼손에 싣고자 몸을 돌리고는 오른손으로 칼집에서 칼을 뽑았다. 이제 별들이 밝게 빛나고 있어서 만새기가 똑똑히 보였고, 그는 만새기의 대가리에 칼날을 꽂아 선미 아래에서 끌어냈다. 한쪽 발로 고기를 누른 채 항문에서 아래턱 끄트머리까지 칼로 재빨리 죽 갈랐다. 그러고는 칼을 내려놓고 오른손으로 내장을 깨끗이 파내고 아가미도 깨끗이 제거했다. 손에 느껴지는 위장이 묵직하고 미끄러워 칼로 갈라보았다. 안에 날치 두 마리가 들어 있었다. 그는 싱싱하고 살이 단단한 그것들을 나란히 내려놓고 만새기의 내장과 아가미는 선미 너머로 던져버렸다. 그것들은 길게 이어지는 인광을 남기며 물속으로 가라앉았다. 이제 차가워진 만새기는 별빛 아래서 빛나는 비늘 때문에 회백색으로 보였고, 노인은 녀석의 대가리를 오른발로 누른 채 한쪽 껍질을 벗겨냈다. 그러고는 녀석을 뒤집어 반대쪽 껍질을 벗겨낸 후 양쪽 살을 대가리에서 꼬리까지 발라냈다.

노인은 뼈만 남은 만새기를 뱃전 너머로 미끄러뜨리고는 혹시 물속에 소용돌이가 일지는 않는지 살펴보았다. 하지만 그것은 천천히 가라앉으며 빛을 낼 뿐이었다. 그는 몸을 돌려 두 조각으로 발라낸 만새기 살 사이에 날치 두 마리를 끼워 넣고 칼집에 칼을 꽂고는 천천히 뱃머리 쪽으로 돌아갔다. 그의 등은 둘러진 낚싯줄의 무게로 휘어 있었고, 그의 오른손에는 고기가 들려 있었다.

뱃머리로 돌아온 노인은 만새기 살 두 조각을 판자에 내려놓고 그 옆에 날치를 놓았다. 그러고는 양어깨에 멘 낚싯줄의 위치를 바꾸고 다시 왼손으로 줄을 잡으며 뱃전에 몸을 기댔다. 그러고는 뱃전 너머로 몸을 구부려 물에 날치를 씻으며 손에 와 닿는 물의 속도를 가늠해보았다. 만새기의 껍질을 벗긴 손은 인광을 발하고 있었고, 그는 손에 와 닿는 물의 흐름을 지켜보았다. 물살은 전보다 약해져 있었고, 손의 옆면을 배의 겉판에 문질러 닦자 인광 가루가 물에 떠 천천히 선미 쪽으로 흘러갔다.

"녀석은 지쳤거나 쉬는 중일 거야." 노인이 말했다. "이제 이 만새기를 깨끗이 먹어치운 후에 좀 쉬면서 잠이나 좀 자두어야겠군."

별빛 아래서 시시각각으로 추워지는 밤공기를 느끼며 노인은 만새기 살 반 조각과 내장을 빼내고 대가리를 잘라낸 날치 한 마리를 먹었다.

"만새기는 익혀서 먹으면 정말 맛있는 고기인데." 노인이 말했다. "날것으로 먹으면 정말 형편없는 고기란 말이지. 다음부터는 소금이나 라임 없이는 절대 배에 오르지 않을 거야."

내가 머리가 좋은 사람이었다면 뱃머리에 온종일 바닷물을 뿌려서 말렸을 테고, 그러면 소금을 얻을 수 있었을 텐데, 노인은 생각했다. 하지만 만새기를 잡은 건 해가 거의 다 저물었을 때였어. 그래도 준비가 부족했던 건 사실이지. 어쨌든 전부 꼭꼭 씹어서 잘 먹었고 속이 메스껍지도 않군.

동쪽 하늘에 구름이 잔뜩 드리워지더니 그가 아는 별들이 하나둘 모습을 감췄다. 이제 그는 마치 거대한 구름의 협곡으로 들어가고 있는 것처럼 보였고, 바람은 잠잠해져 있었다.

"사나흘 후에는 날씨가 나빠지겠는걸." 노인이 말했다. "하지만 오늘 밤이랑 내일은 괜찮을 거야. 이보게, 노인네야, 녀석이 계속 잠잠히 헤엄치고 있으니 지금이라도 잠을 좀 자둘 채비를 하시지 그래."

노인은 낚싯줄을 꽉 움켜쥔 오른손을 허벅지로 누른 채 뱃머리 판자에 온몸의 무게를 실으며 기댔다. 그러고는 양어깨에 멘 줄을 살짝 내리고는 그것을 왼손으로 단단히 쥐었다.

허벅지로 누르고 있는 한 오른손은 줄을 잡고 있을 수 있을 거야, 노인은 생각했다. 만일 잠든 사이에 오른손의 힘이 빠져버리면 밧줄이 풀려나가는 걸 느낀 왼손이 나를 깨워주겠지. 오른손으로서는 고된 일이야. 하지만 오른손은 혹사당하는 데 익숙하니까. 이십 분이나 삼십 분만 자두어도 도움이 될 거야. 그는 온몸을 앞으로 숙여 낚싯줄을 압박하는 동시에 온몸의 무게를 오른손에 실은 채 잠들었다.

노인은 사자 꿈을 꾸지 않고 그 대신 13킬로미터에서 16킬로미터까지 길게 이어진 어마어마한 돌고래 떼 꿈을 꾸었는데, 짝짓기 철을 맞이한 녀석들은 공중으로 높이 뛰어올랐다가 뛰어오를 때 수면에 생긴 바로 그 구멍 속으로 다시 떨어지곤 했다.

그러고서 노인은 마을에 있는 자기 집 침대에 누워 있는 꿈을 꾸었는데, 강한 북풍이 불어서 몹시 추웠고, 베개 대신 오른팔을 베고 있었기에 오른팔이 저렸다.

그런 다음 노인은 긴 노란빛 해변 꿈을 꾸기 시작했는데, 이른 새벽의 어둠 속에서 사자 한 마리가 해변으로 내려오는 게 보이더니 곧 다른 사자들도 내려왔고, 그는 앞바다에서 불어오는 저녁의 산들바람을 맞으며 정박해 있는 배의 뱃머리 판자에 턱을 괸 채 사자들이 더 나타날지 기다리며 행복해하고 있었다.

달이 뜬 지도 오래였지만 노인은 계속 잠들어 있었고, 고기는 꾸준히 배를 끌며 헤엄쳐 갔고, 배는 구름의 터널 속으로 들어갔다.

노인은 오른 주먹이 홱 올라와 얼굴을 때리는 바람에 잠에서 깼는데 오른손 사이로 낚싯줄이 타는 듯이 뜨겁게 풀려나가고 있었다. 왼손에는 아무 감각도 없었기에 오른손만으로 줄에 최대한 제동을 걸어보려 했는데, 그래도 줄은 맹렬히 풀려나갔다. 마침내 왼손에 줄이 잡혔고, 그는 몸을 뒤로 젖혀 줄을 멈춰보려 했지만 이제는 등과 왼손이 타는 듯이 뜨거웠고, 왼손은 모든 힘을 감당하느라 심한 상처를 입고 말았다. 그가 여분의 낚싯줄 뭉치들을 돌아보니 그것들은 아무 문제없이 술술 풀려나가고 있었다. 바로 그때 고기가 엄청난 파열음을 내며 수면 위로 뛰어오르더니 다시 그 육중한 몸뚱이를 바다에 떨어뜨렸다. 그러고는 계속해서 몇 번이고 뛰어올랐고, 줄이 여전히 맹렬히 풀려나가는데도 배는 빠른 속도로 나아갔으며, 노인은 줄이 끊어지기 직전까지 힘주어 당겼다가 놓고 다시 줄이 끊어지기 직전까지 힘주어 당겼다가 놓길 반복했다. 그는 뱃머리 쪽으로 바싹 끌려간 채 잘라놓은 만새기 살에 얼굴이 처박혀 꼼짝도 할 수 없었다.

우리 둘 다 고대하던 순간이 왔군, 노인은 생각했다. 자, 이제 어디 한번 붙어보자.

녀석에게 낚싯줄값을 치르게 할 거야, 노인은 생각했다. 낚싯줄값을 치르게 하고야 말겠어.

노인은 고기가 뛰어오르는 모습은 볼 수 없었고 다만 바다에서 나는 파열음과 녀석이 육중한 몸뚱이를 떨어뜨리며 첨벙하는 소리만 들을 수 있을 뿐이었다. 빠르게 풀리는 낚싯줄 때문에 양손에 심한 상처가 났지만 이런 일이 일어나리라는 것은 이미 예상한 바였고, 그는 굳은살이 박인 부분에만 상처가 나도록 애쓰며 줄이 손바닥을 파고들거나 손가락을 베지 않도록 주의를 기울였다.

그 애가 여기 있다면 낚싯줄 뭉치에 물을 뿌려줄 텐데, 노인은 생각했다. 그래. 그 애가 여기 있다면. 그 애가 여기 있다면.

낚싯줄은 계속해서 풀려나가고 또 풀려나갔지만 이제 속

도가 느려지고 있었고, 노인은 고기가 낚싯줄을 1센티미터도 거저 가져가지 못하게 하고 있었다. 이제 그는 잘라놓은 만새기 살을 짓누르던 뺨을 떼며 뱃머리 판자에서 고개를 들었다. 그러고는 무릎을 꿇었다가 천천히 일어섰다. 줄은 계속 풀어주고 있었지만 속도는 조금씩 늦추었다. 그는 낚싯줄 뭉치가 있는 곳으로 이동해서 눈에 보이지 않는 그것을 발로 건드려 느껴보았다. 줄은 아직 많이 남아 있었고, 이제 고기는 새로 풀려나갈 모든 줄의 마찰력을 감당하며 물속에서 배를 끌어야 할 것이었다.

됐어, 노인은 생각했다. 그리고 녀석은 십여 차례 넘게 뛰어오르며 등뼈를 따라 자리한 부레에 공기를 가득 채웠으니 내가 어떻게 손써볼 수도 없을 만큼 깊은 물속으로 내려가 죽어버리진 못할 거야. 녀석이 곧 원을 그리며 돌기 시작할 텐데, 그러면 나도 작업에 착수해야만 해. 녀석은 무엇 때문에 그렇게 갑자기 깜짝 놀랐던 걸까? 굶주림 때문에 필사적으로 군 걸까, 아니면 밤중에 무언가로 인해 기겁했던 걸까? 어쩌면 갑자기 두려움을 느꼈는지도 모르지. 하지만 녀석은 그야말로 침착하고 힘센 고기여서 정말 대담하고 정말 자신만만해 보였는데. 이상한 일이야.

"이 노인네야, 자네나 대담하고 자신만만한 마음을 갖지 그래." 노인이 말했다. "녀석을 다시 붙들긴 했지만 낚싯줄을 끌어당기진 못하고 있지 않나. 하지만 녀석은 곧 원을 그리며 돌게 될 거야."

노인은 이제 왼손과 양어깨로 녀석을 붙들었고, 그러면서 허리를 굽혀 오른손으로 바닷물을 떠서 얼굴에 묻은 짓뭉개진 만새기 살을 씻어냈다. 그것 때문에 구역질이 나서 구토하고 기력을 잃게 될까봐 두려웠던 것이다. 얼굴을 깨끗이 닦고는 오른손을 뱃전 너머 소금물에 씻고서 그대로 담근 채 해 뜨기 전에 밝아오는 여명을 지켜보았다. 녀석이 거의 동쪽을 향하고 있군, 그는 생각했다. 그건 녀석이 지쳐서 해류에 몸을 맡겼다는 뜻이지. 녀석은 곧 원을 그리며 돌게 될 거야. 그러면 우리의 진짜 대결이 시작되겠지.

오른손을 충분히 오랫동안 물속에 담가두었다고 판단한 노인은 손을 물 밖으로 꺼내서 살펴보았다.

"나쁘지 않군." 노인이 말했다. "그리고 고통쯤이야 사나이에겐 아무것도 아니지."

노인은 새로 난 상처에 낚싯줄이 닿지 않게끔 조심스레 줄을 잡았고, 그러고는 반대쪽 뱃전 너머 바닷물에 왼손을 담글 수 있게끔 무게중심을 옮겼다.

"쓸모없는 손치고는 그리 나쁘지 않았어." 노인이 왼손에게 말했다. "하지만 너를 쓸 수 없는 순간도 있었지."

왜 나는 양쪽 다 쓸 만한 손을 가지고 태어나지 못했을까?

노인은 생각했다. 어쩌면 왼손을 제대로 훈련하지 못한 나의 불찰인지도 몰라. 하지만 왼손에게 배울 기회가 충분했다는 건 하느님도 아시지. 그래도 간밤에는 그리 나쁘지 않았고, 쥐도 한 번밖에 나지 않았어. 만일 또다시 쥐가 나면 그냥 낚싯줄에 잘려버리게 내버려둘 테다.

그런 생각이 들자 노인은 자신의 머리가 맑지 않음을 깨달았고, 그래서 만새기를 좀 더 씹어 먹어야겠다고 생각했다. 하지만 못 먹겠어, 그는 혼자 중얼거렸다. 구역질로 기력을 잃는 것보다는 머리가 어질어질한 편이 나아. 그리고 내 얼굴이 처박혀 있던 고기니까 먹더라도 토하지 않고는 못 배길 거야. 상하기 전까지는 비상용으로 남겨두어야겠군. 하지만 영양분을 섭취해서 기운을 내기에는 이제 너무 늦어버렸는걸. 이 바보야, 그가 혼자 중얼거렸다. 한 마리 남은 날치를 먹으면 되잖아.

날치는 깨끗하게 손질되어 거기 놓여 있었고, 노인은 왼손으로 그걸 집어서 뼈를 꼭꼭 씹어가며 꼬리까지 전부 먹어치웠다.

날치는 그 어떤 고기보다도 영양분이 풍부해, 노인은 생각했다. 적어도 내게 필요한 힘은 얻을 수 있지. 이제 할 수 있는 일은 다 했군, 그는 생각했다. 고기야, 이제 원을 그리며 돌아라. 어디 한번 붙어보자꾸나.

노인이 출항한 이후로 세 번째 해가 떠오르고 있을 때 고기가 원을 그리며 돌기 시작했다.

낚싯줄의 기울기만 봐서는 고기가 도는지 알 수 없었다. 그러기에는 너무 일렀다. 노인은 다만 낚싯줄을 당기는 힘이 미약하게 줄어든 것을 느끼고는 오른손으로 줄을 살살 잡아당기기 시작했다. 줄은 변함없이 팽팽했지만 당장이라도 끊어질 듯한 순간에 이르자 갑자기 끌려오기 시작했다. 그는 어깨와 머리를 숙여 줄을 앞으로 빼내고는 계속해서 살살 잡아당기기 시작했다. 양손을 모두 사용하며 몸을 좌우로 흔들어댔고, 몸과 두 다리의 힘으로도 최대한 줄을 끌어당기려 애썼다. 줄을 끌어당기며 몸을 좌우로 흔들어대는 동안 그의 나이 든 다리와 어깨가 중심축이 되어주었다.

"아주 큰 원을 그리고 있군." 노인이 말했다. "어쨌든 녀석이 돌고 있어."

그러더니 줄이 더는 끌려오지 않았고, 노인은 줄에서 물방울이 튕겨 나가는 모습이 햇살 속에 보일 때까지 줄을 붙잡고 있었다. 그러다가 줄이 풀려나가기 시작했고, 노인은 무릎을 꿇고는 내키지 않지만 어쩔 수 없다는 심정으로 줄이 어두운 물속으로 다시 풀려나가도록 내버려두었다.

"녀석은 지금 자기가 그리는 원의 가장 바깥쪽을 돌고 있는 거야." 노인이 말했다. 있는 힘껏 당기고 있어야만 해, 그는 생각했다. 힘껏 당길 때마다 녀석이 그리는 원이 작아지겠지. 어쩌면 한 시간 후에는 녀석을 볼 수 있겠어. 이제 나는 녀석을 제압해야만 하고, 그러고는 녀석을 죽여야만 해.

하지만 고기는 계속해서 천천히 돌았고, 두 시간 뒤 노인은 땀에 흠뻑 젖은 채 뼛속 깊이 피로를 느꼈다. 하지만 원은 이제 훨씬 작아졌고, 줄의 기울기로 봐서 고기가 헤엄치며 꾸준히 위로 올라왔음을 알 수 있었다.

한 시간 전부터 노인의 눈앞에는 검은 점들이 보였고, 땀 때문에 눈이 따가웠으며 눈 위와 이마의 상처도 따가웠다. 그는 검은 점 따윈 두렵지 않았다. 낚싯줄을 당기며 압박감을 느끼면 보통 일어나는 현상이었다. 하지만 현기증과 함께 쓰러질 듯한 기분을 두 차례나 느낀 것은 좀 걱정되었다.

"이런 고기를 눈앞에 두고 스스로를 실망시키며 죽을 순 없어." 노인이 말했다. "이제 녀석을 정말 멋지게 끌어오고 있으니, 하느님, 제가 견딜 수 있게 도와주소서. 주기도문을 백 번 외우고 성모송도 백 번 외우겠나이다. 물론 지금은 외울 수 없지만 말입니다."

일단 외운 걸로 해두자, 노인은 생각했다. 나중에 정말 외우면 될 테니.

바로 그때 노인은 양손으로 잡고 있던 줄이 갑자기 세게 확 당겨지는 것을 느꼈다. 날카롭고 힘차고 묵직한 느낌이었다.

녀석이 창 같은 주둥이로 철사 목줄을 들이받고 있군, 노인은 생각했다. 당연히 벌어질 일이었어. 녀석은 그럴 수밖에 없었을 거야. 하지만 저러다 뛰어오를 수도 있을 텐데, 지금으로서는 녀석이 계속 원을 그리며 돌기만 해주면 좋겠군. 숨을 들이마셔야 했으니 몇 차례 뛰어오르는 건 불가피한 일이었겠지. 하지만 이제부터는 한 번씩 뛰어오를 때마다 낚싯바늘이 박힌 상처가 벌어질 수 있고, 그러면 녀석이 낚싯바늘을 뱉어버릴 수도 있어.

"뛰어오르지 마라, 고기야." 노인이 말했다. "뛰어오르지 마."

고기는 목줄을 몇 차례 더 들이받았고, 녀석의 대가리가 요동칠 때마다 노인은 낚싯줄을 조금 풀어주었다.

녀석의 고통을 지금 수준으로 유지해줘야만 해, 노인은 생각했다. 내 고통은 중요치 않아. 그거야 내가 통제할 수 있으니까. 하지만 녀석은 고통 때문에 미쳐버릴 수도 있어.

잠시 후 고기는 목줄을 들이받길 멈추고 다시 원을 그리며 천천히 돌기 시작했다. 이제 노인은 줄을 꾸준히 끌어 들이고 있었다. 하지만 또다시 현기증이 났다. 그는 왼손으로 바닷물을 조금 떠서 머리에 끼얹었다. 그렇게 바닷물을 몇 번 더 끼얹고는 목덜미를 문질렀다.

"쥐는 나지 않는군." 노인이 말했다. "녀석이 곧 올라올 테고, 나는 버틸 수 있어. 버텨야만 해. 그거야 두말하면 잔소리지."

노인은 무릎을 꿇은 채 뱃머리에 몸을 기대고 잠시 줄을 다시 등에 걸쳤다. 녀석이 원의 바깥쪽을 돌고 있는 지금 좀 쉬어두었다가 안으로 들어오면 그때 일어나서 녀석을 상대해야겠어, 그는 그렇게 결심했다.

낚싯줄을 아예 끌어 들이지 않고 뱃머리에서 쉬면서 고기가 혼자 한 바퀴 돌게 내버려두고픈 커다란 유혹이 일어났다. 하지만 줄에서 느껴지는 힘으로 미루어 고기가 방향을 돌려 배를 향해 다가오고 있다는 걸 알았을 때, 노인은 자리에서 일어나 중심을 잡은 채 몸을 좌우로 흔들며 녀석이 끌고 간 줄을 모두 끌어 들였다.

이렇게 피곤한 적이 있었던가. 그나저나 이제 무역풍이 불기 시작하는군, 노인은 생각했다. 하지만 녀석을 싣고 돌아가기에는 좋은 바람일 거야. 내게는 이 바람이 절실히 필요해.

"녀석이 원 바깥쪽으로 나가면 그때 쉬어야겠어." 노인이 말했다. "기분이 한결 좋아졌는걸. 이제 녀석이 두세 바퀴만 더 돌면 녀석을 잡을 수 있겠어."

노인의 밀짚모자는 머리 뒤로 크게 젖혀져 있었는데, 고기가 방향을 돌리는 것을 느낀 순간 노인은 낚싯줄에 끌려 뱃머리에 맥없이 주저앉고 말았다.

그래, 계속 돌아라, 고기야, 노인은 생각했다. 다음번에 돌아올 때 내가 잡아줄 테니까.

파도가 꽤 높이 일고 있었다. 하지만 날씨가 좋을 때만 부는 산들바람 때문이었고, 노인이 집으로 돌아가려면 그 바람이 꼭 필요했다.

"그냥 남서쪽으로 가기만 하면 될 거야." 노인은 말했다. "바다에서 길을 잃는 사람은 아무도 없고, 게다가 쿠바는 기다란 섬이니까."

마침내 고기가 모습을 드러낸 것은 세 바퀴째 돌던 때였다.

먼저 검은 그림자로 모습을 드러냈는데, 배 밑을 다 지나가는 데 시간이 너무 오래 걸려서 그 길이가 믿기지 않을 정도였다.

"아니야." 노인은 말했다. "그렇게 클 리는 없어."

하지만 녀석은 실제로 그렇게 컸고, 이번 바퀴를 다 돈 녀석이 배에서 겨우 30미터 떨어진 곳에서 수면 쪽으로 떠올랐을 때 물 밖으로 튀어나온 녀석의 꼬리가 보였다. 꼬리는 커다란 낫의 날보다 더 길었고, 검푸른 물 위에서 아주 연한 라벤더색을 띠었다. 그것은 뒤쪽으로 기울어져 있었고, 고기가 수면 바로 밑을 헤엄쳐 가는 동안 노인은 녀석의 거대한 몸뚱이와 거기 둘러진 자줏빛 줄무늬를 볼 수 있었다. 등지느러미는 눕혀져 있었고 거대한 가슴지느러미는 활짝 펼쳐져 있었다.

녀석이 이번 바퀴를 도는 동안 노인은 녀석의 눈을 볼 수 있었고, 잿빛 빨판상어 두 마리가 녀석의 주위를 헤엄치는 모습도 볼 수 있었다. 때때로 그것들은 녀석에게 달라붙었다. 때때로 그것들은 녀석에게서 떨어져 쏜살같이 헤엄쳐 갔다. 때때로 그것들은 녀석의 그림자에 숨어 편안히 헤엄치곤 했다. 그것들은 둘 다 길이가 90센티미터 이상 되었고, 빠르게 헤엄칠 때면 온몸을 뱀장어처럼 마구 흔들어댔다.

노인은 이제 땀을 흘리고 있었는데 햇빛 때문에 그런 것만은 아니었다. 고기가 침착하고 차분하게 돌 때마다 그는 계속 줄을 끌어당기며 이제 두 바퀴만 더 돌면 작살을 꽂을 기회가 올 거라고 확신했다.

하지만 녀석을 바싹, 아주 바싹 가까이 끌어와야만 해, 노인은 생각했다. 대가리를 노려선 안 돼. 심장을 노려야만 해.

"이 노인네야, 침착하고 강인하게 굴어야지." 노인이 말했다.

다음번에 돌 때 고기의 등이 물 밖으로 나왔지만 배에서는 살짝 먼 거리였다. 또 다음번에 돌 때도 녀석은 여전히 너무 멀었지만 이번에는 수면 위로 더 높이 올라왔고, 노인은 줄을 조금만 더 끌어당기면 녀석을 배 옆으로 끌어올 수 있겠다고 확신했다.

작살은 이미 오래전에 준비되어 있었고, 작살에 연결된 가벼운 밧줄 뭉치는 둥근 바구니에 들어 있었으며, 그 끝은 밧줄 기둥에 단단히 묶여 있었다.

고기는 이제 차분하고 아름다운 모습으로 다시 원을 그리며 돌아오고 있었고, 움직이는 것이라고는 오로지 녀석의 거대한 꼬리뿐이었다. 노인은 녀석을 더 가까이 끌어오고자 줄을 힘껏 잡아당겼다. 아주 잠깐 고기가 옆으로 살짝 기울어졌다. 그러더니 자세를 바로잡고는 또 한 바퀴를 돌기 시작했다.

"내가 녀석을 움직였어." 노인이 말했다. "내가 녀석을 움직인 거야."

노인은 또다시 현기증을 느꼈지만 그래도 온 힘을 다해 그 거대한 고기를 붙들고 버텼다. 내가 녀석을 움직였어, 그는 생각했다. 어쩌면 이번에는 녀석을 뒤집을 수 있을지도 몰라. 당겨라, 손아, 그는 생각했다. 견뎌라, 다리야. 나를 위해 버텨다오, 머리야. 나를 위해 버텨다오. 너는 나를 한 번도 실망케 한 적이 없잖니. 이번에는 녀석을 뒤집고야 말겠어.

하지만 고기가 뱃전으로 오기 전부터 노인이 온 힘을 다해 애를 쓰며 줄을 끌어당겼음에도 고기는 살짝 기울어지는가 싶더니 다시 자세를 바로잡고는 헤엄쳐 가버렸다.

"고기야." 노인은 말했다. "고기야, 너는 어차피 죽게 되어 있어. 그렇다고 나까지 죽여야겠니?"

그래봤자 얻는 건 아무것도 없을 거야, 노인은 생각했다. 입이 너무 말라 말도 할 수 없을 지경이었지만 지금은 손을 뻗어 물병을 잡을 때가 아니었다. 이번에는 녀석을 배 옆으로 끌어와야만 해, 그는 생각했다. 녀석이 몇 바퀴 더 돌면 나는 버틸 수 없게 될 테니까. 아니야, 넌 버틸 수 있어, 그는 혼자서 중얼거렸다. 너는 얼마든지 버틸 수 있어.

고기가 한 번 더 돌았을 때 노인은 녀석을 거의 잡을 뻔했다. 하지만 이번에도 고기는 자세를 바로잡고는 천천히 헤엄쳐 가버렸다.

고기야, 네가 나를 죽일 셈이로구나, 노인은 생각했다. 하지만 네게는 그럴 권리가 있지. 나는 너보다 더 거대하고 아름답고 침착하고 고귀한 존재는 한 번도 본 적이 없으니까, 나의 형제여. 어서 와서 나를 죽여보려무나. 이제는 누가 누구를 죽이든 아무래도 좋으니.

이제 머리가 혼미해지기 시작하는군, 노인은 생각했다. 머리를 맑게 유지해야만 해. 머리를 맑게 유지하면서 사나이답게 고통을 감내할 줄 알아야 해. 아니면 고기처럼이라도, 그는 생각했다.

"머리야, 맑아져라." 노인이 자신에게도 거의 들리지 않는 목소리로 말했다. "맑아지란 말이다."

고기가 두 바퀴 더 원을 그리며 돌았지만 상황은 똑같았다.

모르겠어, 노인은 생각했다. 고기가 돌 때마다 그는 거의 정신을 잃을 뻔했다. 모르겠어. 하지만 한 번 더 시도해봐야지.

노인은 한 번 더 시도했고, 고기를 뒤집었을 때는 정신이 혼미해지는 걸 느꼈다. 고기는 자세를 바로잡더니 거대한 꼬리를 허공에 흔들어대며 다시 천천히 헤엄쳐 가버렸다.

다시 한번 시도해봐야겠어, 비록 이제 양손은 둔해졌고 눈앞이 가물거려 순간적으로만 제대로 볼 수 있었는데도 노인은 이렇게 다짐했다.

다시 한번 시도했지만 결과는 마찬가지였다. 그럼 또 한 번 시도해보겠어, 노인은 이렇게 생각했고, 생각을 실행하기도 전에 정신이 혼미해지는 걸 느꼈다.

노인은 모든 고통과 마지막 남은 힘과 오래전에 사라진 자부심을 모두 끌어모아 고기의 괴로움에 맞섰고, 그리하여 옆으로 쓰러진 고기는 주둥이가 거의 배의 겉판에 닿을 때까지 쓰러진 채로 가만히 헤엄쳐 오더니 배 옆을 지나가기 시작했는데, 녀석의 길고 깊고 넓고 은빛으로 빛나며 자줏빛 줄무늬가 둘러진 몸뚱이가 물속에서 끝도 없이 이어졌다.

노인은 낚싯줄을 내려놓고 발로 누르고는 작살을 최대한 높이 쳐들어서 온 힘을 다해, 거기에 아까 끌어모은 힘들까지 더해 자신의 가슴 높이까지 솟은 거대한 가슴지느러미 바로 뒤쪽 옆구리에 내리꽂았다. 작살의 날이 옆구리 안으로 들어가는 게 느껴졌고, 그는 작살에 매달려 그것을 더 깊이 찌르고는 다시 온몸의 무게를 실어 그것을 밀어 넣었다.

그러자 고기는 자신의 죽음을 몸속에 품은 채 생기를 띠었고, 자신의 엄청난 길이와 너비와 자신의 모든 힘과 아름다움을 드러내며 수면 위로 높이 뛰어올랐다. 녀석은 배에 탄 노인보다 더 높이 솟아올라 허공에 매달린 것처럼 보였다. 그러더니 첨벙하고 물속에 떨어지며 노인과 배에 온통 물보라를 튀겼다.

노인은 현기증과 구역질이 났고 앞도 잘 보이지 않았다. 하지만 그는 작살 밧줄을 정리해 피부가 까진 두 손 사이로 천천히 풀어주었는데, 앞이 보일 때가 되자 고기가 은빛 배를 드러낸 채 벌렁 드러누워 있는 모습이 눈에 들어왔다. 작살 자루가 고기의 어깨에 비스듬히 꽂힌 채 튀어나와 있었고, 바다는 고기의 심장에서 흘러나온 피로 붉게 물들고 있었다. 처음에 피는 깊이가 1킬로미터가 넘는 푸른 바닷속의 물고기 떼처럼 거무스름하게 보였다. 그러더니 곧 구름처럼 퍼져나갔다. 고기는 은빛을 띤 채 가만히 물결에 떠다니고 있었다.

노인은 언뜻 눈앞에 보이는 광경을 유심히 쳐다보았다. 그러고는 작살 밧줄을 뱃머리의 밧줄 기둥에 두 번 감고서 두 손으로 머리를 감쌌다.

"머리를 맑게 유지해야 해." 노인은 뱃머리의 판자에 몸을 기댄 채 말했다. "나는 지친 노인네야. 하지만 나는 내 형제인 이 고기를 죽였고, 이제부터는 고된 일을 해야만 해."

이제 올가미와 밧줄을 준비해서 녀석을 뱃전에 단단히 묶어야겠군, 노인은 생각했다. 설령 그 애가 여기 있어서 나와 함께 배를 물속에 밀어 넣어 녀석을 배에 실은 후 다시 물을 퍼낸다 하더라도 이 배는 녀석을 절대 감당할 수 없을 거야. 만반의 준비를 마친 후 녀석을 끌어와 단단히 잘 묶고 나서 돛대를 세우고 집으로 돌아가야겠어.

노인은 밧줄을 아가미에 넣고 주둥이로 빼서 대가리를 뱃머리 옆에 단단히 묶을 수 있게끔 녀석을 뱃전으로 끌어당기 시작했다. 녀석을 보고 만지고 느껴보고 싶구나, 그는 생각했다. 녀석은 나의 큰 재산이야, 그는 생각했다. 하지만 그래서 녀석을 느껴보고 싶은 건 아니야. 녀석의 심장은 이미 느껴본 것 같아, 그는 생각했다. 아까 작살 자루를 두 번째로 밀어 넣었을 때. 이제 녀석을 끌어당겨 단단히 묶은 다음 꼬리 쪽에 올가미를 씌우고 몸뚱이 한가운데에도 올가미를 씌워서 배에 단단히 붙들어 매야겠다.

"자, 노인네야, 일을 시작하자." 노인은 말했다. 그러고는 물을 아주 조금 마셨다. "싸움이 끝났으니 이제 해야 할 고된 일이 아주 많아."

노인은 하늘을 올려다보고는 다시 고기를 바라보았다. 그는 태양을 유심히 쳐다보았다. 딱 정오로군, 그는 생각했다. 그리고 무역풍이 불고 있어. 이제 낚싯줄이야 아무래도 좋아. 집에 돌아가서 그 애랑 같이 꼬아 이으면 되니까.

"이리 오너라, 고기야." 노인은 말했다. 하지만 고기는 오지 않았다. 녀석은 대신 바다에 널브러져 누워 있었고, 노인이 배를 저어 녀석에게로 갔다.

녀석의 곁으로 가서 뱃머리를 대가리에 붙였을 때, 노인은 두 눈으로 보고도 녀석의 어마어마한 크기가 믿기지 않았다. 하지만 그는 밧줄 기둥에서 작살 밧줄을 풀어서 아가미로 집어넣은 후 아래턱 쪽으로 꺼냈고, 그것을 녀석의 칼 같은 주둥이에 한 번 감은 후 다른 쪽 아가미로 통과시켜 주둥이를 한 번 더 감고는 이중 매듭을 지어서 뱃머리의 밧줄 기둥에 단단히 묶었다. 그러고는 밧줄을 잘라 선미로 들고 가서 꼬리에 올가미를 씌웠다. 고기는 자줏빛과 은빛이 섞인 원래 색깔에서 은빛으로 변해 있었고, 줄무늬는 꼬리와 마찬가지로 연한 자줏빛을 띠고 있었다. 줄무늬의 너비는 손가락을 활짝 편 어른의 손보다 넓었고, 고기의 눈은 잠망경의 반사경이나 행렬 속의 성자(聖者)만큼이나 초연했다.

"녀석을 죽이려면 그 방법밖에 없었어." 노인은 말했다. 물을 마신 후로는 기분이 좋아졌고 쓰러질 것 같지도 않았으며 머리도 맑아졌다. 저 정도면 700킬로그램 이상 나가겠군, 그는 생각했다. 어쩌면 그보다 훨씬 더 나갈지도 몰라. 내장을 빼내고 3분의 2만 남더라도 그걸 500그램에 30센트씩 받고 판다면?

"계산하려면 연필이 필요하겠군." 노인은 말했다. "암산할 만큼 머리가 맑진 않아. 하지만 저 위대한 디마지오도 오늘만큼은 나를 자랑스럽게 여길 거야. 내 발뒤꿈치에 뼈 돌기가 있거나 그렇진 않았지. 그래도 손이랑 등은 정말 아팠어." 뼈 돌기가 어떤 건지 궁금하군, 그는 생각했다. 어쩌면 우리한테도 그런 게 있는데 그냥 모르고 사는 건지도 몰라.

노인은 고기를 뱃머리와 선미와 배 가운데 가로장에 단단히 묶었다. 녀석이 워낙 커서 마치 훨씬 더 큰 배 한 척을 뱃전에 단단히 묶는 것 같았다. 노인은 밧줄을 조금 잘라서 고기의 아래턱을 위턱에 잡아맸는데, 녀석의 주둥이가 벌어지는 일 없이 되도록 순조롭게 항해하기 위해서였다. 그러고는 돛대를 세우고서 갈고랑이를 활대로 삼아 달고 아래 활대까지 단 후 덕지덕지 기운 돛을 올리자 배가 움직이기 시작했고, 그는 선미에 반쯤 누운 채 남서쪽을 향해 나아갔다.

남서쪽이 어느 쪽인지 알기 위해 나침반을 볼 필요는 없었다. 그저 무역풍을 느끼며 돛을 올리기만 하면 되었다. 가는 낚싯줄에 가짜 미끼를 달아서 뭐라도 잡아먹고 수분 섭취도 좀 하는 게 좋겠어. 하지만 그는 가짜 미끼를 찾을 수 없었고 정어리는 상해버렸다. 그래서 그는 물에 떠가는 누런 멕시코만 해초를 갈고랑이로 낚아 올려 흔들었고, 그러자 그 안에 있던 작은 새우들이 배의 바닥판으로 떨어졌다. 열댓 마리쯤

되는 새우가 모래벼룩처럼 팔딱팔딱 뛰었다. 노인은 엄지와 검지로 새우 대가리를 떼어내고는 껍질과 꼬리까지 전부 씹어 먹었다. 아주 작은 새우지만 영양분이 풍부하다는 것을 그는 알고 있었고, 맛도 좋았다.

물병에는 물이 아직 두 모금 정도 남아 있었고, 노인은 새우를 먹고 나서 물 반 모금을 마셨다. 배는 불리한 조건을 감안하더라도 꽤 잘 나아갔고, 그는 키 손잡이를 겨드랑이에 끼운 채 배를 몰았다. 고기가 똑바로 내려다보였고, 그저 두 손을 살펴보고 등을 선미에 기대보기만 해도 이게 꿈이 아닌 생시라는 걸 알 수 있었다. 고기와의 싸움이 막바지에 이르렀을 즈음엔 너무 맥이 빠져서 어쩌면 이건 꿈일지도 모른다는 생각이 들었었다. 그리고 고기가 수면 위로 뛰어올라 떨어지기 직전에 정지한 듯 하늘에 걸려 있었을 때는 어떤 대단히 기이한 일이 벌어지고 있다고 확신했고, 그 광경을 도저히 믿을 수가 없었다. 물론 지금은 여느 때와 다름없이 잘 보이지만, 그때는 눈도 잘 보이지 않았으니 말이다.

이제 노인은 고기가 진짜라는 것을 알았고, 자신의 두 손과 등도 꿈이 아니라는 것을 알았다. 손은 곧 나을 거야, 그는 생각했다. 피를 깨끗이 흘려보냈으니 소금물이 치료해주겠지. 진짜 멕시코만의 짙은 바닷물은 이 세상 최고의 치료제니까. 이제 나는 머리를 맑게 유지하기만 하면 돼. 두 손은 할 일을 모두 끝냈고 우리는 순조롭게 나아가고 있어. 입을 꾹 다물고 꼬리를 꼿꼿이 세운 녀석과 함께 우리는 형제처럼 나아가고 있어. 그때 그의 머리가 살짝 흐려지기 시작했고, 그는 이런 생각이 들었다. 녀석이 나를 끌고 가는 건가, 아니면 내가 녀석을 끌고 가는 건가? 내가 녀석을 뒤에 매단 채 끌고 가고 있다면 이런 의문은 들지 않았을 거야. 고기가 모든 위엄을 잃은 채 배에 실려 있어도 이런 의문은 들지 않았겠지. 하지만 배와 고기는 나란히 묶인 채 함께 나아가는 중이었고, 노인은 이렇게 생각했다. 녀석이 원한다면 녀석더러 나를 끌고 가라고 해버리지, 뭐. 내가 녀석보다 나은 건 속임수를 부릴 줄 안다는 것뿐이고, 녀석은 나를 해칠 의도도 없었으니까.

그들은 순조롭게 나아갔고, 노인은 소금물에 두 손을 담그며 머리를 맑게 유지하려 애썼다. 뭉게구름이 높이 떠 있고 그 위로는 새털구름이 꽤 많이 떠 있었으므로 노인은 밤새 산들바람이 불어올 것임을 알았다. 노인은 생시라는 걸 확인하기 위해 틈만 나면 고기를 쳐다보았다. 최초의 상어가 고기를 공격하기 한 시간 전의 일이었다.

상어가 나타난 것은 우연이 아니었다. 놈은 시커먼 구름 같은 피가 서서히 가라앉아 심해로 퍼졌을 때부터 저 깊은 아래에서 위로 올라오고 있었다. 놈은 조심성이라고는 찾아볼 수 없을 만큼 매우 빠르게 올라와 푸른 바다의 수면을 가르며 햇빛 속으로 솟구쳤다. 그러고는 다시 바다로 떨어져 냄새를 찾아내고서 배와 고기가 지나간 항로를 따라 헤엄치기 시작했다.

상어는 때때로 냄새를 놓치기도 했다. 하지만 다시금 냄새를 찾아내거나 아주 희미한 자취라도 발견해내 매우 빠르고 맹렬하게 항로를 따라 헤엄쳤다. 놈은 아주 커다란 청상아리로, 바다에서 가장 빠른 고기만큼이나 빠르게 헤엄칠 수 있는 몸뚱이를 가지고 있었고, 아가리를 빼고는 모든 게 아름다웠다. 등은 청새치 등만큼이나 푸르고, 배는 은빛이었으며, 가죽은 매끈하고 멋졌다. 놈은 거대한 아가리만 빼면 청새치와 비슷한 모습이었고, 지금 놈은 그 아가리를 꾹 다문 채 흔들림 없는 칼날 같은 등지느러미로 물살을 가르며 수면 바로 밑을 빠르게 헤엄치고 있었다. 다문 아가리의 위아래 입술 안에는 여덟 줄의 이빨이 전부 안쪽으로 휘어져 있다. 그 이빨은 대부분의 상어 이빨 같은 평범한 피라미드 모양이 아니었다. 그것은 갈고리발톱처럼 오그라든 사람 손가락 모양이었다. 이빨 하나하나가 노인의 손가락 길이만큼이나 길었고, 위아래 이빨 모두 그 끝부분이 면도날처럼 날카로웠다. 이 고기는 바다의 모든 고기를 잡아먹고 살도록 만들어져 있었고, 너무 빠르고 강하고 잘 무장되어 있었기에 딱히 적이 없었다. 그런 놈이 지금 더 선명해진 피 냄새를 맡고 푸른 등지느러미로 물살을 가르며 속도를 내고 있었다.

놈이 다가오는 걸 봤을 때 노인은 그게 두려움이라고는 전혀 모르고 무엇이든 원하는 대로 해야 직성이 풀리는 상어임을 알았다. 그는 작살을 준비하고 밧줄을 단단히 묶으며 상어가 다가오는 모습을 지켜보았다. 잘라서 고기를 매다는 데 썼기 때문에 밧줄은 그만큼 짧았다.

노인의 머리는 이제 맑고 또렷했고 그의 마음은 굳은 결의로 가득했지만 희망은 별로 없었다. 오래가기에는 너무 좋은 일이었어, 그는 생각했다. 그는 상어가 접근하는 것을 지켜보는 와중에 그 커다란 고기를 한번 쳐다보았다. 차라리 꿈이라면 좋았을걸, 그는 생각했다. 놈의 공격을 막는 건 불가능하겠지만 놈을 해치우는 건 가능할지도 몰라. 덴투소• 놈, 그는 생각했다. 네 어미한테 재수 없는 날이 되겠구나.

상어는 선미 쪽으로 빠르게 접근했고, 놈이 고기를 덮쳤을 때 노인은 놈의 벌어진 아가리와 기이한 두 눈, 고기의 꼬리 바로 윗부분을 향해 돌진하여 살점을 물며 맞부딪치는 이빨을 보았다. 상어의 대가리는 물 밖으로 나와 있었고 등도 물 밖으로 나오고 있었는데, 커다란 고기의 껍질과 살점을 찢는 요란한 소리가 들리는 순간 그는 상어 대가리의 한 지점, 즉

• '큰 이빨을 지닌 것'을 뜻하는 스페인어로, 청상아리를 가리킨다.

두 눈을 잇는 선과 코에서 뒤쪽으로 곧장 이어지는 선이 교차하는 지점에 작살을 박아 넣었다. 실제로 그런 선들이 있는 것은 아니었다. 다만 육중하고 뾰족하고 푸른 대가리와 커다란 두 눈과 무작정 덤벼들어 이빨을 맞부딪치며 모든 걸 삼켜버리는 아가리가 있을 뿐이었다. 하지만 그곳이 바로 뇌가 자리한 곳이었고, 노인은 그곳을 찔렀던 것이다. 그는 피로 찐득찐득해진 양손으로 작살을 있는 힘껏 푹 찔러 넣었다. 아무런 희망 없이, 하지만 결의와 완전한 적의를 품은 채 작살을 찔러 넣었다.

상어가 몸을 뒤집었고 노인은 놈의 눈에서 생기가 사라진 것을 보았는데, 그때 놈이 또다시 몸을 뒤집으며 밧줄로 자기 몸뚱이를 두 번이나 휘감았다. 노인은 놈이 죽었다는 것을 알았지만 상어는 그 사실을 인정하려 들지 않았다. 그러더니 상어는 벌렁 드러누운 채 꼬리를 휘두르고 이빨을 맞부딪치며 쾌속정처럼 물살을 헤치고 나아갔다. 꼬리로 수면을 때리고 간 자리마다 하얀 물보라가 일었고, 밧줄이 팽팽해져 부르르 떨다가 툭 끊어져버리자 상어 몸뚱이의 4분의 3이 수면 위로 분명히 드러났다. 상어는 잠시 수면 위에 조용히 떠 있었고, 노인은 그런 놈을 지켜보았다. 그러다가 놈은 아주 천천히 가라앉았다.

"놈이 20킬로그램 정도는 뜯어먹었군." 노인이 큰 소리로 말했다. 놈은 내 작살과 밧줄도 몽땅 가져가버렸고, 이제 내 고기가 다시 피를 흘리고 있으니 다른 상어들도 몰려올 거야, 그는 생각했다.

노인은 상어가 훼손한 고기를 더는 쳐다보고 싶지 않았다. 놈이 고기를 공격했을 때 그는 마치 자기 자신이 공격당한 듯한 기분이었다.

하지만 나는 내 고기를 공격한 상어를 죽였어, 노인은 생각했다. 그리고 놈은 내가 지금껏 봐온 덴투소 중에서 가장 큰 놈이었어. 내가 그동안 큰 놈들을 봐왔다는 건 하느님도 아시지.

오래가기에는 너무 좋은 일이었어, 노인은 생각했다. 차라리 이게 다 꿈이라면, 나는 저 고기를 잡은 적도 없고, 실은 지금 침대에 신문지를 깔고 혼자 누워 있는 거라면 좋으련만.

"하지만 인간은 패배하도록 만들어지지 않았어." 노인은 말했다. "인간은 파멸할 수는 있어도 패배할 수는 없어." 그나저나 저 고기를 죽여서 유감이로군, 그는 생각했다. 이제 곤혹스러운 시간이 닥쳐올 텐데 내게는 작살조차 없어. 덴투소는 잔인하고 유능하고 힘도 센 데다가 똑똑하기까지 하지. 하지만 아까 그놈보다는 내가 더 똑똑했어. 어쩌면 그렇지 않았는지도 모르지, 그는 생각했다. 어쩌면 그저 내게 더 좋은 무기가 있었을 뿐인지도 모르지.

"생각은 관둬, 이 노인네야." 노인이 큰 소리로 말했다. "이

대로 계속 항해하다가 시련이 닥치면 그때 맞서도록 해."

하지만 난 생각을 해야만 해, 노인은 생각했다. 내게는 그것 말고는 남은 게 아무것도 없으니까. 그거랑 야구 말고는. 내가 놈의 뇌를 찌르는 솜씨를 저 위대한 디마지오가 봤다면 뭐라고 했을까? 별 대단한 일은 아니었어, 그는 생각했다. 누구나 할 수 있는 일이지. 하지만 내 두 손의 상태가 뼈 돌기만큼이나 대단히 불리한 조건이었다고 생각해? 나야 알 수 없지. 수영하다가 가오리를 밟고 발뒤꿈치를 쏘이는 바람에 무릎 아래가 마비되고 참을 수 없는 고통을 느꼈을 때 말고는 발뒤꿈치에 문제가 생긴 적이 한 번도 없었으니까.

"뭔가 유쾌한 일을 떠올려보시지 그래, 이 노인네야." 노인은 말했다. "이제 매분 매초 집에 가까워지고 있지 않는가. 20킬로그램이 사라진 덕분에 그만큼 더 가볍게 항해하고 있기도 하고."

노인은 배가 해류의 안쪽에 들어가면 보통 무슨 일이 일어나는지 아주 잘 알고 있었다. 하지만 지금으로서는 할 수 있는 일이 아무것도 없었다.

"아니야, 없진 않아." 노인은 큰 소리로 말했다. "노 끄트머리에 칼을 단단히 묶으면 돼."

그리하여 노인은 키 손잡이를 겨드랑이에 끼우고 돛의 각도를 조절하는 아딧줄을 발로 밟은 채 그 일을 했다.

"자." 노인은 말했다. "내가 노인네라는 사실에는 변함이 없지. 하지만 이제 맨손은 아니야."

이제 상쾌한 산들바람이 불어오고 있었고 배는 순조롭게 나아갔다. 노인은 고기의 앞부분만 쳐다보았는데, 그러자 희망이 얼마간 되살아났다.

희망을 품지 않는 건 어리석은 짓이야, 노인은 생각했다. 그뿐만 아니라 그건 죄악이기도 할 거야. 죄악에 대해서는 생각하지 말자, 그는 생각했다. 지금은 죄악 말고도 해결할 문제가 넘쳐나니까. 게다가 나는 죄악이 뭔지도 잘 모르니까.

나는 죄악이 뭔지도 잘 모르겠고 내가 죄악을 믿긴 하는 건지도 잘 모르겠어. 어쩌면 저 고기를 죽인 게 죄악이었는지도 몰라. 비록 내가 살기 위해, 또 여러 사람을 먹이기 위해 그랬다고 하더라도 말이지. 하지만 그렇게 치면 죄악 아닌 게 없을 거야. 죄악에 대해서는 생각하지 말자. 그러기에는 이미 너무 늦었고, 세상에는 그런 일로 돈을 버는 사람이 따로 있으니까. 그 사람들더러 생각하라고 하자. 고기가 고기로 태어났듯이 나는 어부로 태어난 거야. 산 페드로•도 저 위대한 디

• '성 베드로'에 해당하는 스페인어. 〈마태복음〉 4장 19절에서 예수는 베드로와 그의 동생 안드레아에게 "나를 따라오너라. 내가 너희를 사람 낚는 어부로 만들겠다"라고 말한다.

마지오의 아버지처럼 어부였지.

하지만 노인은 자신과 관련된 일이면 그게 뭐가 됐든 생각해보길 좋아했고, 읽을 것도 없고 라디오도 없다보니 이런저런 생각이 많아져서 죄악에 대해서도 계속 생각해보게 되었다. 단지 살기 위해, 녀석을 먹거리로 팔기 위해 네가 저 고기를 죽인 건 아니었어, 그는 생각했다. 네가 녀석을 죽인 건 어부로서의 자존심 때문이었어. 너는 녀석이 살아 있을 때도 녀석을 사랑했고 죽고 난 후에도 사랑했지. 네가 녀석을 사랑한다면 죽여도 죄악은 아니야. 아니, 그보다 더한 짓이 되려나?

"자네는 생각이 너무 많아, 이 노인네야." 노인이 큰 소리로 말했다.

하지만 너는 그 덴투소를 죽이는 걸 즐겼지, 노인은 생각했다. 놈도 너처럼 살아 있는 고기로 목숨을 이어가. 놈은 죽은 고기를 먹는 부류가 아니고 다른 몇몇 상어처럼 그저 식욕이나 채우려고 돌아다니는 부류도 아니지. 놈은 아름답고 고귀하며 그 어떤 것도 두려워하지 않아.

"내가 놈을 죽인 건 정당방위였어." 노인이 큰 소리로 말했다. "그리고 나는 놈을 능숙하게 죽였지."

게다가 이 세상 모든 것은 어떤 식으로든 다른 모든 것을 죽이게 되어 있어. 고기잡이는 나를 죽이는 일인 동시에 나를 살게 해주는 일이기도 해. 그 애가 나를 살게 해주지, 노인은 생각했다. 나 자신을 너무 많이 속여선 안 돼.

노인은 뱃전 너머로 몸을 구부려 상어가 베어 문 자리에서 고기 살점 한 조각을 뜯어냈다. 그러고는 그것을 씹으며 그 질 좋고 맛 좋은 고기를 음미했다. 쇠고기처럼 살이 탄탄하고 즙도 많았지만 색이 붉진 않았다. 힘줄도 많지 않아서 시장에 내놓으면 최고가에 팔릴 것임을 그는 알았다. 하지만 녀석의 피 냄새가 물속에서 퍼지는 것을 막을 방법은 없었고, 노인은 매우 곤혹스러운 시간이 닥쳐오고 있다는 것을 알았다.

산들바람이 계속 불어오고 있었다. 바람의 방향이 살짝 북동쪽으로 틀어졌는데, 그렇다는 것은 바람이 잦아들지 않을 거라는 뜻임을 노인은 알고 있었다. 노인은 앞을 내다보았지만 다른 배의 돛은 전혀 보이지 않았고, 그 어떤 선체나 선체에서 피어오르는 연기도 보이지 않았다. 뱃머리 쪽에서 솟아올라 이리저리 날아다니는 날치와 누런 멕시코만 해초 몇 더미가 보일 뿐이었다. 심지어 새 한 마리조차 보이지 않았다.

노인은 두 시간 동안 항해하면서 선미 쪽에서 쉬고, 이따금 청새치 살점을 씹어 먹으면서 휴식을 취하고 기력을 얻으려 애썼는데, 그때 두 마리의 상어 가운데 한 놈이 먼저 접근해 오는 게 눈에 보였다.

"아이!"• 노인이 큰 소리로 외쳤다. 이 말은 번역이 불가능한데, 아마 못이 양 손바닥을 뚫고 나무에 박히는 걸 느낀 어떤 이가 자기도 모르는 새에 내지르는 소리가 바로 그러할 것이다.

"갈라노•• 놈들이로군." 노인이 큰 소리로 말했다. 그는 이윽고 첫 번째 놈 뒤를 따라오는 두 번째 놈의 지느러미를 보았는데, 갈색 삼각 지느러미와 이리저리 휩쓰는 듯한 꼬리의 움직임을 보고는 놈들이 삽코상어•••라는 걸 알았던 것이다. 놈들은 피 냄새를 맡고 흥분한 상태였는데, 대단히 배가 고픈 나머지 멍청하게도 잔뜩 흥분하여 피 냄새를 놓쳤다 찾았다 했다. 그러면서도 놈들은 시시각각으로 거리를 좁혀오고 있었다.

노인은 아딧줄을 단단히 묶고 키 손잡이를 고정했다. 그러고는 끄트머리에 칼을 단단히 묶어놓은 노를 집어 들었다. 최대한 가볍게 들어 올렸는데, 고통을 느낀 양손이 강한 거부감을 나타냈기 때문이다. 그러고는 노를 쥔 양손을 가볍게 폈다 쥐었다 하며 풀어주었다. 그는 양손이 이제 고통을 감내하고 움찔하지 않도록 꽉 쥔 채 상어들이 다가오는 모습을 지켜보았다. 이제 놈들의 넓고 납작하고 삽날처럼 생긴 대가리와 넓

• '아아', '맙소사' 등을 뜻하는 스페인어.

•• 당시 쿠바에서 상어를 통칭하던 스페인어.

••• 이후의 묘사를 보면 '장완흉상어'로 추정된다.

적하고 끄트머리가 흰 가슴지느러미가 눈에 보였다. 놈들은 혐오스러운 상어로서 지독한 악취를 풍겼고, 다른 고기를 산 채로 잡아먹을 뿐만 아니라 죽은 고기도 먹었으며, 배가 고프면 노나 키까지 물어뜯곤 했다. 바다거북이 수면에 떠서 잠들어 있을 때 다리와 지느러미발을 뜯어먹는 것도 바로 이놈들이었고, 놈들은 배가 고프면 물속에 있는 사람도 공격했는데, 그 사람이 고기의 피나 점액 냄새를 전혀 풍기지 않을 때도 그랬다.

"아이!" 노인은 말했다. "갈라노 놈들아. 어서 덤벼라, 이 갈라노 놈들아."

놈들이 덤벼들었다. 하지만 청상아리가 그랬던 식으로 덤벼들지는 않았다. 한 놈이 몸을 돌리더니 배 밑으로 들어가며 시야에서 사라졌는데, 이윽고 그놈이 고기를 확 물어뜯자 노인은 배가 흔들리는 걸 느낄 수 있었다. 다른 놈은 가늘게 찢어진 노란 두 눈으로 노인을 지켜보더니 재빨리 고기 쪽으로 다가와 반원형의 아가리를 활짝 벌리며 이미 뜯겨 나간 부위를 물었다. 놈의 갈색 대가리와 등 윗부분에 뇌와 척수가 만나는 선이 분명히 드러났고, 노인은 노에 묶은 칼을 그 지점에 내리꽂고는 얼른 뽑아서 고양이 눈 같은 상어의 노란 눈에 다시 내리꽂았다. 상어는 물었던 고기를 놓아주며 스르르 가라앉았고, 이미 물어뜯은 살점을 삼키며 죽어갔다.

다른 상어가 고기를 물어대는 통에 배는 여전히 흔들렸고, 그래서 노인은 배를 옆으로 돌려 상어를 물 밑에서 끌어내려고 아딧줄을 풀었다. 상어가 보이자 그는 뱃전으로 몸을 구부려 놈을 힘껏 찔렀다. 하지만 겨우 살점만 찔렀을 뿐이고, 껍질이 너무 단단해서 칼날은 거의 들어가지도 않았다. 그렇게 찌르자 양손뿐만 아니라 어깨까지 아파왔다. 하지만 상어는 재빨리 다가오며 물 밖으로 대가리를 내밀었고, 놈이 코를 물 밖으로 내밀며 고기를 덮치는 순간 노인은 놈의 납작한 대가리 한가운데를 정통으로 찔렀다. 노인은 칼날을 뽑고는 정확히 같은 부위를 다시 한번 힘껏 찔렀다. 놈은 여전히 아가리를 박아 넣은 채 고기에 매달려 있었고, 노인은 놈의 왼쪽 눈을 찔렀다.

"이래도?" 노인은 이렇게 말하고는 척추와 뇌 사이에 칼날을 내리꽂았다. 이번에는 쉽게 성공했고, 연골이 끊어지는 게 느껴졌다. 노인은 노를 거꾸로 잡고 상어의 아가리를 벌리기 위해 아가리 사이에 노깃을 쑤셔 박았다. 노깃을 비틀자 상어가 스르르 미끄러지는 것을 보며 그는 이렇게 말했다. "그래야지, 이 갈라노 놈아. 1킬로미터 아래까지 조용히 가라앉아 버려라. 가서 네 친구 놈이나 만나, 아니 어쩌면 네 어미였을지도 모르겠다만."

노인은 칼날을 닦고 노를 내려놓았다. 그러고는 아딧줄을 다시 잡고 돛을 잔뜩 부풀려 배를 원래 항로로 나아가게 했다.

"놈들이 고기의 4분의 1을, 그것도 가장 좋은 부위로 뜯어 간 게 분명해." 노인이 큰 소리로 말했다. "이게 다 꿈이어서 내가 저 고기를 아예 낚지도 않은 거라면 좋으련만. 미안하구나, 고기야. 너를 낚는 바람에 모든 게 잘못돼버렸어." 그는 말을 멈추었고, 이제는 고기를 쳐다보고 싶지도 않았다. 핏물이 빠져나가고 파도에 씻긴 녀석은 거울 뒷면처럼 은색을 띠고 있었지만 줄무늬만은 여전히 선명했다.

"고기야, 나는 이렇게 멀리까지 나오지 말았어야 했는데." 노인이 말했다. "너를 위해서나 나를 위해서나 말이다. 미안하구나, 고기야."

자, 노인이 혼자서 중얼거렸다. 칼을 묶은 줄을 확인하고 끊어진 데가 있진 않은지 살펴봐야지. 그러고는 손이 제구실을 하도록 만들어놓아야 해, 놈들이 계속 더 몰려올 테니까.

"칼을 갈 숫돌이 있으면 좋으련만." 노인은 노 끄트머리의 줄을 확인한 후 이렇게 말했다. "숫돌을 가져왔어야 했는데." 가져왔어야 했던 것들이 한두 개가 아니지, 그는 생각했다. 하지만 자네는 그것들을 가져오지 않았어, 이 노인네야. 지금은 없는 것들을 생각할 때가 아니야. 있는 것들로 무엇을 할 수 있을지 생각해봐.

"자네는 훌륭한 조언을 참으로 많이 해주는군." 노인이 큰 소리로 말했다. "이제는 그런 조언에도 진절머리가 나."

노인은 키 손잡이를 겨드랑이에 끼우고는 배가 앞으로 나아가는 동안 두 손을 물속에 담그고 있었다.

"마지막 놈이 얼마나 뜯어갔는지는 하느님만 아시겠지." 노인은 말했다. "하지만 이제 배가 훨씬 가벼워졌어." 그는 고기의 훼손된 아랫부분에 대해서는 생각하고 싶지 않았다. 그는 상어가 갑자기 쿵 하며 배를 흔들 때마다 고기의 살점이 뜯겨 나간 것을 알고 있었고, 이제 저 고기가 바다에 고속도로처럼 널찍한 길을 냈으니 온갖 상어들이 그 길을 따라오리라는 것도 알고 있었다.

녀석은 한 사람을 겨울 내내 먹여 살릴 수 있을 고기였어, 노인은 생각했다. 그런 생각은 하지 말자. 녀석의 남은 부분이라도 지킬 수 있게 그저 휴식이나 취하며 손이 다시 제구실을 할 수 있도록 만들어놓자. 이제 바다에 피 냄새가 온통 진동하고 있으니 내 손에서 나는 피 냄새쯤은 아무것도 아니야. 게다가 출혈이 심한 것도 아니니까. 신경 쓸 만한 상처는 전혀 없어. 피를 흘려보냈으니 왼손에 쥐가 나는 일도 없겠지.

이제 생각해볼 일이 또 뭐가 있을까? 노인은 생각했다. 아무것도. 나는 아무것도 생각하지 말고 다음에 올 놈들을 기다려야만 해. 이게 다 꿈이라면 정말 좋으련만, 그는 생각했다. 하지만 누가 알겠어? 결국에는 일이 다 잘 풀릴지도 모르지.

다음에는 삽코상어 한 마리가 혼자서 나타났다. 사람의 머리가 들어갈 만큼 아주 커다란 아가리를 지닌 돼지가 있는지는 모르겠지만, 어쨌든 놈은 꼭 여물통에 달려드는 돼지처럼 달려들었다. 노인은 놈이 고기를 덮치게 내버려둔 다음 노에 묶은 칼을 놈의 뇌에 내리꽂았다. 그런데 상어가 나뒹굴며 몸을 뒤로 홱 빼는 바람에 칼날이 뚝 부러지고 말았다.

노인은 다시 자리를 잡고 키를 조종했다. 그 커다란 상어가 처음에는 실물 크기로 보이다가 점점 작아지며 천천히 물속에 가라앉는 광경을 그는 쳐다보지도 않았다. 그는 그 광경에 늘 매혹되곤 했었다. 하지만 지금은 그것을 쳐다보지도 않았다.

"내게는 아직 갈고랑이가 있어." 노인이 말했다. "하지만 별 쓸모는 없겠지. 내게는 노 두 개와 키 손잡이와 짧은 몽둥이도 있어."

이제 놈들에게 지고 말았군, 노인은 생각했다. 상어를 몽둥이로 때려죽이기엔 나는 너무 늙어버렸어. 하지만 노와 짧은 몽둥이와 키 손잡이가 있는 한 포기하지 않고 싸워볼 거야.

노인은 두 손을 다시 물속에 담갔다. 늦은 오후로 접어들고 있었고, 바다와 하늘 말고는 아무것도 보이지 않았다. 지금까지보다 하늘에 바람이 많이 불었고, 머지않아 그는 육지를 보게 되리란 희망을 품었다.

"자네는 지쳤어, 이 노인네야." 노인이 말했다. "속속들이 지쳐버렸다고."

상어들이 다시 녀석을 덮친 것은 해가 저물기 직전이었다.

노인은 고기가 바다에 내는 널찍한 길을 따라 갈색 지느러미들이 다가오는 것을 보았다. 놈들은 심지어 냄새를 찾아 이리저리 날뛰지도 않았다. 나란히 헤엄치며 곧장 배를 향해 다가오고 있었다.

노인은 키 손잡이를 고정하고 아딧줄을 단단히 묶은 후 선미 아래로 손을 뻗어 몽둥이를 잡았다. 그것은 부러진 노에서 대략 75센티미터 길이로 잘라낸 노 손잡이였다. 움켜쥘 수 있는 손잡이 덕분에 한 손으로도 효과적으로 사용할 수 있었고, 그는 그것을 오른손으로 단단히 쥐고는 손을 쥐였다 풀었다 하며 상어들이 다가오는 것을 지켜보았다. 두 마리 다 갈라노였다.

먼저 오는 놈이 고기를 단단히 물게 내버려두었다가 놈의 코끝이나 대가리 바로 윗부분을 정통으로 내리쳐야지, 노인은 생각했다.

상어 두 마리는 함께 다가왔고, 더 가까이 있는 놈이 아가리를 벌려 고기의 은빛 옆구리에 파묻는 것을 보았을 때 그는 몽둥이를 높이 쳐들었다가 상어의 널찍한 대가리 윗부분을 힘껏 내리쳤다. 몽둥이를 내리쳤을 때 단단한 고무 같은 질감이 느껴졌다. 하지만 뼈의 딱딱함도 느껴졌고, 그는 놈이 고기에게서 미끄러져 떨어질 때 코끝을 다시 한번 세게 내리쳤다.

다른 상어는 그동안 들락날락하더니 이제 아가리를 활짝 벌린 채 다시 접근해왔다. 놈이 고기를 덮치며 아가리를 다물 때 노인은 놈의 아가리 한쪽 구석에서 고기의 허연 살점이 삐져나와 떨어지는 것을 볼 수 있었다. 그는 놈을 향해 몽둥이를 휘둘렀지만 머리만 맞혔을 뿐이고, 상어는 그를 쳐다보고는 고기의 살점을 확 비틀어 떼어냈다. 놈이 그걸 삼키려고 살짝 물러났을 때 노인이 다시 놈을 향해 몽둥이를 휘둘렀지만 겨우 무겁고 단단한 고무 같은 부위를 내리칠 뿐이었다.

"덤벼라, 갈라노 놈아." 노인이 말했다. "어서 또 덤벼봐."

상어는 급히 달려들었고, 놈이 아가리를 다무는 순간 노인은 놈을 내리쳤다. 몽둥이를 최대한 높이 쳐들었다가 놈을 퍽 내리쳤다. 이번에는 뇌의 맨 아랫부분 뼈가 느껴졌고, 상어가 굼뜬 동작으로 살점을 뜯어내고 고기에게서 스르르 떨어져 나갈 때 그가 같은 부위를 다시 한번 내리쳤다.

노인은 놈이 다시 다가오길 기다렸지만 둘 중 어느 놈도 나타나지 않았다. 그러다가 한 놈이 수면에서 원을 그리며 헤엄치는 모습이 보였다. 다른 놈은 지느러미도 보이지 않았다.

놈들을 죽이는 것까지 바랄 수는 없었어, 노인은 생각했다. 젊었을 때야 그럴 수 있었겠지만. 하지만 두 놈 모두에게 중

상을 입혔으니 둘 다 썩 유쾌한 기분은 아닐 거야. 두 손으로 몽둥이를 휘두를 수 있었다면 첫 번째 놈은 분명 죽일 수 있었을 텐데. 지금 이 나이에도 말이지, 그는 생각했다.

노인은 고기를 쳐다보고 싶지 않았다. 그는 녀석이 반이나 뜯겨 나갔다는 걸 알고 있었다. 상어들과 싸우는 동안 해는 이미 저물어 있었다.

"곧 어두워지겠는걸." 노인이 말했다. "그러면 아바나의 불빛을 볼 수 있을 테지. 만약 너무 동쪽으로 와버린 거라면 새로운 해변들 중 한 곳의 불빛을 보게 될 테고."

이제 아바나까지 그리 멀지 않았을 거야, 노인은 생각했다. 나 때문에 크게 걱정한 사람이 아무도 없었으면 좋겠군. 물론 걱정해줄 사람이야 그 애뿐이겠지만. 하지만 그 애는 분명 나를 믿고 있을 거야. 나이 든 어부들은 대부분 걱정하고 있겠지. 다른 사람들도 대부분 그럴 테고, 그는 생각했다. 나는 좋은 마을에서 살고 있어.

고기가 너무 심하게 훼손됐기 때문에 노인은 고기에게 더는 말을 걸 수 없었다. 그때 갑자기 어떤 생각이 머리에 떠올랐다.

"반쪽이 된 고기야." 노인이 말했다. "한때 온전했던 고기야. 너무 멀리 나가서 미안하구나. 내가 우리 둘을 다 망쳐버렸어. 하지만 너와 난 함께 많은 상어를 죽였고 또 다른 많은 상어를 혼쭐내줬지. 너는 그동안 얼마나 많이 죽였니, 늙은 고기야? 머리의 그 창을 장식으로 달고 다니진 않았을 테니 말이야."

노인은 고기에 대해, 그리고 고기가 자유롭게 헤엄치고 있었다면 상어를 어떻게 상대했을지 상상하며 즐거워했다. 녀석의 주둥이를 잘라서 놈들과 싸울 걸 그랬어, 그가 생각했다. 하지만 손도끼도 없었고 칼도 없었다.

하지만 그런 게 있어서 주둥이를 노 끄트머리에 단단히 묶을 수 있었다면 대단한 무기가 되었을 텐데. 그럼 우린 놈들을 상대로 함께 싸웠을지도 모르는데. 놈들이 밤에 나타나면 이제 어쩌지? 어떻게 해야 하나?

"놈들과 싸워야지." 노인이 말했다. "죽을 때까지 놈들과 싸울 거야."

하지만 이제 어둠이 내려 아무런 불빛이나 빛도 보이지 않고 불어오는 바람에 부풀어오른 돛만이 배를 꾸준히 끌어가는 가운데, 노인은 어쩌면 자신이 이미 죽었을지도 모른다고 느꼈다. 그는 두 손을 모아 손바닥의 감각을 느껴보았다. 감각은 살아 있었고, 단순히 손을 폈다 오므렸다 하는 것만으로도 살아 있음의 고통을 느낄 수 있었다. 그는 선미에 등을 기대보고는 자신이 죽지 않았음을 알았다. 그의 양어깨가 그렇게 말해주고 있었다.

고기를 잡으면 줄줄이 외우겠다고 약속한 기도가 있었지, 노인은 생각했다. 하지만 지금은 기도를 외우기엔 너무 지쳤어. 부대를 가져다가 어깨를 덮는 게 좋겠군.

노인은 선미에 누워 키를 잡고서 하늘에 불빛이 비쳐오길 기다렸다. 아직 녀석의 반이 남았어, 그는 생각했다. 혹시 운이 좋으면 녀석의 앞쪽 반을 가지고 돌아갈 수 있을지도 몰라. 나라고 운이 좀 따르지 말란 법은 없지. 아니야, 그가 말했다. 너무 멀리 나갔을 때 너는 이미 너의 운을 저버린 거야.

"바보 같은 생각은 그쯤 해둬." 노인이 큰 소리로 말했다. "정신 똑바로 차리고 키나 잘 잡으라고. 아직 운이 잔뜩 남아 있을지도 몰라."

"운을 파는 곳이 있다면 가서 좀 사고 싶군." 노인이 말했다.

그런데 무엇으로 그걸 산담? 노인은 스스로에게 물었다. 잃어버린 작살과 부러진 칼과 엉망이 된 두 손으로 그걸 살 수 있을까?

"아마 살 수 있을 거야." 노인이 말했다. "너는 바다에서 그냥 흘려보낸 팔십사 일로 운을 사려고 했지. 거의 살 뻔하기도 했고."

터무니없는 생각일랑 말아야지, 노인은 생각했다. 운이란 여러 모습으로 찾아오는 것인데 누가 그걸 알아볼 수 있겠어? 하지만 흔쾌히 대가를 치르고라도 어떤 모습의 운이건 좀 얻었으면 좋겠군. 불빛이 비쳐오는 게 보이면 좋으련만, 그는 생각했다. 나는 바라는 게 너무 많아. 하지만 그게 바로 지금 내가 바라는 거야. 그는 좀 더 편안한 자세로 키를 조종하려 애썼고, 고통 덕분에 자신이 죽지 않았음을 알았다.

분명 밤 10시는 되었을 무렵 하늘에 환히 반사된 아바나의 불빛이 보였다. 처음에는 달이 뜨기 전 하늘에 보이는 빛처럼 겨우 눈에 띄는 정도였다. 그러더니 이제는 점점 더 세게 불어오는 바람에 거칠어진 바다 너머로 또렷이 눈에 보였다. 그는 불빛이 비치는 영역 안쪽으로 키를 조종했고, 이제, 곧, 자신이 멕시코 만류의 가장자리로 진입하게 될 게 분명하다고 생각했다.

이제 다 끝났어, 노인은 생각했다. 아마 놈들이 다시 공격해오겠지. 하지만 어둠 속에서 무기 하나 없이 놈들을 상대로 내가 뭘 할 수 있겠어?

노인의 몸은 이제 뻣뻣하고 쓰라렸고, 상처와 혹사한 근육 전체가 밤의 추위로 아파왔다. 다시 싸울 일은 없었으면 좋겠어, 그는 생각했다. 정말이지 다시 싸울 일은 없었으면 좋겠어.

하지만 자정 무렵 노인은 싸우고 있었고, 이번에는 싸워봐야 헛일이라는 것을 알았다. 놈들은 떼를 지어 몰려왔고, 보이는 것이라고는 놈들의 지느러미가 수면에 그리는 선과 놈들이 고기에게 덤벼들 때 발하는 인광뿐이었다. 몽둥이로 놈들의 대가리를 내려치는 동안 고기가 놈들의 아가리에 뜯기는 소리와 배 밑을 장악한 놈들 때문에 배가 흔들리는 소리가 들려왔다. 그는 느낌과 소리에만 의지해 필사적으로 몽둥이를 휘둘렀고, 뭔가가 몽둥이를 낚아챘다고 느낀 순간 몽둥이는 사라지고 없었다.

노인은 키에서 키 손잡이를 홱 빼내 두 손으로 붙잡고는 닥치는 대로 때리고 또 내리찍었다. 하지만 놈들은 이제 뱃머리까지 와서 한 놈씩 교대로 혹은 함께 달려들었고, 놈들이 다음 차례에 다시 달려들기 위해 몸을 돌릴 때 바다 아래서 허옇게 빛나는 물어뜯긴 살점이 보였다.

마침내 딱 한 놈이 고기의 대가리를 향해 달려들었고, 노인은 이제 끝이라는 걸 알았다. 그는 잘 뜯기지 않는 고기의 육중한 대가리에 아가리를 처박고 있는 상어의 대가리를 향해 키 손잡이를 휘둘렀다. 한 번, 두 번, 또 한 번 휘둘렀다. 키 손잡이가 부러지는 소리가 들렸고, 그는 쪼개진 손잡이 끝부분으로 상어를 찔렀다. 손잡이 끝이 푹 들어가는 게 느껴졌고, 손잡이 끝이 날카롭다는 것을 안 그는 그것을 다시 한번 내리꽂았다. 상어는 고기의 대가리를 놓아버리더니 나뒹굴며 떨어져 나갔다. 떼를 지어 몰려온 놈들 가운데 그놈이 마지막 상어였다. 놈들이 먹을 것도 더는 남아 있지 않았다.

노인은 이제 거의 숨도 쉴 수 없을 지경이었고 입 안에서는 이상한 맛이 났다. 들척지근한 구리 맛을 느낀 그는 한순간 두려움에 휩싸였다. 하지만 양이 그리 많진 않았다.

노인은 그것을 바다에 뱉으며 말했다. “이거나 먹어라, 이 갈라노 놈들아. 그리고 사람 하나를 죽였다는 꿈같은 상상에나 빠지거라.”

노인은 이제 자신이 어찌해볼 도리 없이 완전히 지고 말았다는 것을 깨닫고 선미로 돌아갔는데, 키 손잡이의 삐죽삐죽한 끝을 살펴보니 키 구멍에 적당히 끼워서 키를 조정할 수 있을 것 같았다. 그는 양어깨에 부대를 두르고 배를 원래 항로로 나아가게 했다. 배는 이제 가볍게 나아갔고, 그는 그 어떤 생각이나 그 어떤 종류의 느낌도 들지 않았다. 이제 모든 걸 초탈한 채 모항(母港)으로 무사히 돌아가도록 배를 최대한 요령 있게 잘 몰 뿐이었다. 밤이 되자 식탁에 떨어진 빵 부스러기를 주워 먹으려는 사람처럼 상어들이 몰려와 고기의 남은 몸뚱이를 덮쳤다. 노인은 놈들에게 전혀 관심을 기울이지 않았는데, 사실 키를 조종하는 것 말고는 그 어떤 일에도 관심을 기울이지 않았다. 이제 옆에 무거운 짐이 달리지 않았으니 배가 얼마나 가볍게 잘 나아가는지만 알아챌 뿐이었다.

배는 괜찮아, 노인은 생각했다. 배는 멀쩡하고, 키 손잡이만 빼면 아무런 손상도 입지 않았어. 키 손잡이야 쉽게 교체할 수 있지.

노인은 이제 해류의 안쪽에 들어왔다는 걸 느낄 수 있었고, 해안을 따라 모여 있는 해변 마을의 불빛도 볼 수 있었다. 그는 이제 자신이 어디 있는지 알았고, 집에 돌아가는 건 일도 아니었다.

어쨌든 바람은 우리의 친구야, 노인은 생각했다. 그러고는 이렇게 덧붙였다. 때로는 말이지. 우리의 친구들과 적들이 있는 저 거대한 바다도. 그리고 침대도 그렇다고, 그는 생각했다. 침대는 나의 친구야. 침대만 있으면 돼, 그는 생각했다. 침대에 누우면 아주 좋을 거야. 지고 돌아가 누우면 정말 편안하지, 그는 생각했다. 침대가 얼마나 편안한 것인지 지금껏 전혀 모르고 살았어. 그런데 무엇에 지고 만 걸까, 그는 생각했다.

"아무것도 아니야." 노인이 큰 소리로 말했다. "너무 멀리 나갔을 뿐이야."

노인이 작은 항구에 들어섰을 때 테라스의 불빛은 꺼져 있었고, 그래서 그는 다들 잠자리에 들었다는 것을 알았다. 꾸준히 불어오던 산들바람이 이제는 세차게 불어왔다. 그래도 항구 안은 조용했고, 그는 바위 아래 조약돌이 조금 깔린 곳으로 배를 몰았다. 도와줄 사람이 아무도 없었으므로 그는 배를 육지 쪽에 최대한 바싹 갖다 댔다. 그러고는 배에서 내려 배를 바위에 단단히 묶었다.

노인은 돛대를 빼내고 돛을 말아서 묶었다. 그러고는 돛대를 어깨에 메고 언덕을 오르기 시작했다. 그제야 그는 자신이 얼마나 지쳤는지 알 수 있었다. 잠시 멈춰 서서 뒤돌아보니 수면에 반사된 가로등 불빛에 고기의 거대한 꼬리가 배의 선미 뒤로 우뚝 솟아 있는 모습이 보였다. 그리고 길고 앙상하게 드러난 허연 등뼈와 주둥이가 툭 튀어나온 시커멓고 커다란 대가리가 보였고, 그 사이로 휑한 몸뚱이가 보였다.

노인은 다시 올라가기 시작했고, 꼭대기에서 그만 넘어져 어깨에 돛대를 멘 채 한동안 누워 있었다. 그는 일어나려고 애썼다. 하지만 너무 힘들었던 그는 어깨에 돛대를 멘 채 그냥 거기 앉아 길 쪽을 바라보았다. 고양이 한 마리가 볼일이 있다는 듯 길 저쪽 끝을 지나갔고, 노인은 그 모습을 지켜보았다. 그러고는 다시 그냥 길 쪽을 쳐다보았다.

마침내 노인은 돛대를 내려놓고 자리에서 일어났다. 그리고 돛대를 다시 들어 어깨에 메고는 길을 걸어 올라가기 시작했다. 오두막에 이르기까지 다섯 번을 앉아서 쉬어야 했다.

오두막에 들어간 노인은 돛대를 벽에 기대놓았다. 그는 어둠 속에서 물병을 찾아내 물을 한 모금 마셨다. 그러고는 침대에 몸을 누였다. 담요를 어깨까지 끌어올린 후 등과 두 다리를 덮고는 팔을 밖으로 쭉 빼고 손바닥은 위로 향한 채 신문지에 얼굴을 파묻고 잠이 들었다.

아침에 소년이 문 안을 들여다보았을 때 노인은 잠들어 있었다. 바람이 워낙 세차게 불어서 유망(流網) 어선들도 바다로 나가려 하지 않는 날이었기에 소년은 늦잠을 자고서 매일 아침 그랬던 것처럼 노인의 오두막으로 찾아온 것이었다. 소년은 노인이 숨을 쉬는지 확인한 뒤 노인의 두 손을 보고는 울기 시작했다. 소년은 커피를 좀 가져오려고 아주 조용히 밖으로 나갔고, 길을 따라 내려가는 내내 계속 울었다.

많은 어부가 조각배 주위에 모여 배 옆에 단단히 묶인 것을 쳐다보고 있었고, 그중 한 어부는 바지를 걷어 올리고 물 안에 들어가 뼈만 남은 고기의 길이를 재고 있었다.

소년은 그리로 내려가지 않았다. 이미 내려갔다 온 터였고, 한 어부가 소년 대신 배를 정리해주고 있었다.

"할아버지는 좀 어떠시냐?" 한 어부가 외쳤다.

"주무시고 계세요." 소년이 대답했다. 어부들이 우는 자신을 보고 있었지만 소년은 신경 쓰지 않았다. "아무도 가서 방해하지 마세요."

"코에서 꼬리까지 5.5미터나 돼." 고기의 길이를 재던 어부가 외쳤다.

"그럴 거예요." 소년이 말했다.

소년은 테라스로 가서 커피 한 깡통을 달라고 했다.

"뜨거운 걸로 주시고 우유랑 설탕도 잔뜩 넣어주세요."

"더 필요한 건?"

"없어요. 나중에 할아버지가 뭘 드실 수 있는지 알아보고 올게요."

"정말 대단한 고기더구나." 테라스 주인이 말했다. "그런 고기는 난생처음 봤어. 어제 네가 잡아 온 고기 두 마리도 훌륭했지만 말이야."

"그딴 망할 고기야 아무려면 어때요." 소년은 이렇게 말하고는 다시 울기 시작했다.

"너도 뭐 좀 마시겠니?" 테라스 주인이 물었다.

"아뇨." 소년이 말했다. "사람들한테 산티아고 할아버지를 귀찮게 하지 말라고 말해주세요. 또 올게요."

"내가 많이 안타까워하더라고 전해주렴."

"감사해요." 소년이 말했다.

소년은 뜨거운 커피가 든 깡통을 들고 노인의 오두막으로 가서 노인이 깨어날 때까지 옆에 앉아 있었다. 한번은 노인이 깰 것처럼 보이기도 했다. 하지만 그는 다시 깊은 잠에 빠졌고, 소년은 길 건너편으로 가서 커피를 데울 나무를 좀 빌려왔다.

마침내 노인이 잠에서 깨어났다.

"일어나지 마세요." 소년이 말했다. "이것 좀 드세요." 그는 유리잔에 커피를 조금 따랐다.

노인은 유리잔을 받아 들고 커피를 마셨다.

"나는 놈들한테 졌다, 마놀린." 노인이 말했다. "나는 놈들한테 완전히 지고 말았어."

"**그 녀석**한테는 지지 않았잖아요. 그 고기 말이에요."

"그야 그렇지. 그건 정말 그래. 내가 진 건 그다음이야."

"페드리코 아저씨가 배랑 어구를 정리하고 있어요. 고기 대가리는 어떻게 하실 거예요?"

"페드리코더러 토막 내서 통발용 미끼로나 쓰라고 해."

"그럼 창 같은 그 주둥이는요?"

"원하거든 네가 가지려무나."

"가질래요." 소년은 말했다. "이제 우리는 다른 것들에 대해서도 계획을 세워야만 해요."

"사람들이 나를 찾았었니?"

"물론이죠. 해안경비대랑 비행기들까지 동원됐어요."

"바다는 아주 큰데 조각배는 작으니 잘 보이지 않겠지." 노인이 말했다. 자기 자신과 바다만 상대로 말하다가 이렇게 말동무가 생기니 얼마나 즐거운지 몰랐다. "네가 그리웠단다." 그가 말했다. "넌 뭘 잡았니?"

"첫째 날에 한 마리. 둘째 날에도 한 마리 잡았고, 셋째 날에는 두 마리 잡았어요."

"정말 잘했구나."

"이제 다시 저랑 고기 잡으러 가요."

"안 돼. 난 운이 없거든. 난 이제 운이 없어."

"또 그놈의 운 타령." 소년이 말했다. "운은 제가 가져오면 되잖아요."

"너희 집에서 뭐라고 하지 않을까?"

"상관없어요. 어제 두 마리나 잡았으니까요. 하지만 저는 아직 배울 게 많으니 이제부터는 할아버지랑 같이 고기를 잡을래요."

"좋은 살상용 창을 하나 구해서 배에 늘 갖고 다녀야겠어. 창날은 고물 포드 자동차의 판(板)스프링으로 만들 수 있을 거다. 과나바코아•에 가져가서 갈면 돼. 창날은 날카로워야 하고, 부러지지 않도록 적당한 온도에서 단련해야만 해. 내 칼은 부러지고 말았거든."

"제가 다른 칼을 구해 오고 스프링도 갈아 올게요. 이 거센 브리사가 며칠이나 더 불어올까요?"

"아마 사흘은 불어오겠지. 더 오래갈 수도 있고."

"제가 다 준비해놓을게요." 소년이 말했다. "할아버지는 손이나 잘 치료해두세요."

"손을 치료하는 방법이야 나도 잘 알지. 밤에 뭔가 이상한

• 아바나 동쪽에 위치한 마을.

것을 뱉어냈는데, 가슴속에서 뭔가가 찢어진 듯한 기분이 들더구나."

"그것도 잘 치료하시고요." 소년이 말했다. "이제 그만 누우세요, 할아버지. 제가 깨끗한 셔츠를 가져다드릴게요. 그리고 먹을 것도요."

"내가 나가 있었을 때 나온 신문이 있거든 아무거나 좀 가져다주렴." 노인이 말했다.

"저는 배울 게 많으니 얼른 나으셔서 제게 다 가르쳐주셔야 해요. 대체 얼마나 고생하신 거예요?"

"꽤 많이." 노인이 말했다.

"그럼 저는 먹을 거랑 신문을 가져올게요." 소년이 말했다. "잘 쉬고 계세요, 할아버지. 약국에서 손에 바를 약도 사 올게요."

"고기 대가리는 페드리코 거라는 말도 잊지 말고 전해주렴."

"네. 꼭 전할게요."

문밖으로 나와 닳고 닳은 산호암 길을 걸어 내려가며 소년은 또다시 울었다.

그날 오후 테라스에는 한 무리의 관광객이 찾아왔고, 그중 한 여자가 빈 맥주 캔과 죽은 창꼬치고기들 사이로 바다를 내려다보다가 끝에 거대한 꼬리가 달린 커다랗고 기다란 허연 등뼈를 보았는데, 불어오는 동풍이 항구의 어귀 밖에서 거센 파도를 일으키는 동안 그것은 해류에 오르락내리락하며 이리저리 흔들리고 있었다.

"저게 뭐죠?" 여자가 웨이터에게 물으며 이제는 그저 해류에 휩쓸려 나가길 기다리는 쓰레기에 불과한 그 거대한 고기의 긴 등뼈를 가리켰다.

"티부론."• 웨이터가 말했다. "상어요." 그는 무슨 일이 일어난 것인지 설명해주려고 이렇게 말한 것이었다.

"상어가 저렇게 멋지고 아름다운 꼬리를 가진 줄 몰랐어요."

"나도 몰랐는걸." 여자와 동행한 남자가 말했다.

길 위쪽 오두막에서 노인은 다시 잠을 자고 있었다. 그는 여전히 얼굴을 파묻은 채 잠들어 있었고, 소년은 옆에 앉아서 그를 지켜보고 있었다. 노인은 사자 꿈을 꾸고 있었다.

• '상어'를 뜻하는 스페인어.

해설

어느 투쟁의 기록

《노인과 바다》는 미국의 소설가 어니스트 헤밍웨이가 생전에 마지막으로 발표한 작품으로, 지금까지도 전 세계 독자들의 사랑을 받는 그의 대표작이다. 특히 우리나라에서는 미국에서 최초로 출간된 이듬해인 1953년에 '바다와 노인'이라는 제목을 달고 대신문화사(정봉화 번역)에서 처음 출간된 이래로 거의 쉼 없이 번역되어왔는데, 저작권 보호 기간이 만료된 2012년부터는 그 수가 더 늘어서 현재 확인되는 것만 무려 120여 종에 이른다. 물론 상당수가 해적판이나 다른 판본을 거의 그대로 베낀 표절작에 불과하지만, 그래도 이는 한국어 번역 역사상 손에 꼽을 만한 기록이 아닐까 싶다.

《노인과 바다》는 1951년에 쿠바의 카요 블랑코(하얀 섬)에서 쓰였고, 1952년 9월 1일 《라이프》지에 처음으로 발표되었다.

반응은 뜨거웠고, 잡지는 이틀 만에 500만 부나 팔렸다. 일주일 후 단행본으로 출간된 《노인과 바다》는 초판을 5만 부나 찍었다. 스크리브너스에서 출간된 초기 판본의 커버에는 '새로운 고전(new classic)'이라는 과감한 문구가 적혀 있었고, 평론가들은 《노인과 바다》를 윌리엄 포크너의 《곰》이나 허먼 멜빌의 《모비 딕》 같은 작품에 비견하며 잇따라 호의적인 평을 내놓았다. 1950년에 발표한 10년 만의 신작 《강을 건너 숲속으로》에 쏟아진 혹평으로 깊이 상심했던 헤밍웨이로서는 화려하게 재기한 셈이었다. 아니, 그것은 화려한 재기 이상이었다. 《노인과 바다》는 '북 클럽'의 원조 격인 미국의 '북 오브 더 먼스 클럽' 선정작이 되어 헤밍웨이의 유명세에 날개를 달아주었고, 1953년 5월에는 퓰리처상 수상작으로 선정되었으며, 1954년 10월에는 그가 노벨문학상을 수상하는 데 기여한 작품으로 특별히 언급되었다.

플롯만 놓고 본다면 《노인과 바다》는 극히 단순한 작품이다. 팔십사 일 동안 고기를 한 마리도 잡지 못하다가 다시 바다로 나간 운 나쁜 어부 산티아고의 낚싯줄에 마침내 거대한 청새치가 걸리고, 이틀 밤낮으로 사투를 벌이던 산티아고가 사흘째 되는 날에 청새치를 잡아서 조각배 옆에 묶지만 상어의 공격으로 결국 뼈만 남게 된 청새치와 함께 집으로 돌아온다는 이야기.

이처럼 단순한 이야기가 계속해서 사람들의 마음을 사로잡는 이유는 무엇일까? 우리는 무엇보다도 헤밍웨이 자신의 말에서 그 단서를 찾을 수 있다. 헤밍웨이는 1954년 12월에 《타임》지와의 인터뷰에서 이렇게 말했다. "미리 정해둔 상징들을 이용해 쓰인 책이 좋았던 적은 한 번도 없었습니다. (……) 저는 진짜(real) 노인과 진짜 소년, 진짜 바다, 진짜 고기와 진짜 상어를 만들어내려고 애썼어요. 하지만 만일 제가 그것들을 충분히 제대로 진실되게 만들어냈다면 그것들은 많은 걸 의미하게 되겠지요."

《노인과 바다》가 단순하고도 사실적인 이야기임은 틀림없지만, 그렇다고 작품 속에 등장하는 것들까지 일차원적으로 읽히진 않는다. 그것들은 헤밍웨이의 말대로 "많은 걸 의미"하도록 고안되었으며, 전체 이야기 또한 여러 알레고리로 해석될 가능성을 품고 있다.

우선 '노인과 바다'라는 제목에서도 알 수 있듯이, 노인과 소년과 바다와 고기와 상어 중에서 가장 중요한 것은 '노인'과 '바다'다. 노인은 바다에서 싸우는 주체이며, 바다는 노인이 싸움을 벌이는 하나의 장이다. 세상 그 자체라고 해도 될 것이다. 싸움에 임하는 노인의 불굴의 의지는 "'하지만 인간은 패배하도록 만들어지지 않았어.' (……) '인간은 파멸할 수는 있어도 패배할 수는 없어'"라는 말에서 단적으로 드러난다. 이러한 보편적인 주제는 인간이라면 누구나 공감할 수 있는 것이다. 우리는 《노인과 바다》를 읽으며 인생이라는 바다에서 고독한 사투를 벌이는 노인의 모습에서, "상어를 몽둥이로 때려죽이기엔 나는 너무 늙어버렸어"라고 자조하다가도 "하지만 노와 짧은 몽둥이와 키 손잡이가 있는 한 포기하지 않고 싸워볼 거야"라며 의지를 다지는 노인의 모습에서 우리 자신의 모습을 쉽게 발견할 수 있다.

다소 특이한 관점에서 《노인과 바다》를 읽는 것도 불가능한 일은 아니다. 헤밍웨이는 자신이 '진짜(real)', 즉 '있는 그대로'의 대상들을 만들어내려고 애썼다고 했는데, 우리는 그 말을 곧이곧대로 받아들여야 할까? 청새치를 먹잇감으로 삼아 미친 듯이 달려드는 상어들을 묘사하며, 또 그 상어들에게 처참히 당하는 노인의 모습을 묘사하며 헤밍웨이가 자신의 전작 《강을 건너 숲속으로》를 떼 지어 공격하던 평론가 무리와 그로 인해 만신창이가 된 자신의 모습을 한 번도 떠올리지 않았으리라고 생각하긴 어렵다. 물론 그 진상은 알 수 없으나, 헤밍웨이의 당시 상황을 떠올리면 그런 해석이 전혀 얼토당토않은 것만도 아니다. 이렇게 봤을 때 바다는 백지이고, 노인은 위험을 감수하고 백지에 글을 써나가는 작가이며, 청새치는 작가가 염두에 둔 커다란 주제, 상어는 작가의 완성작을 무참히 공격하는 평론가들이라는 해석도 가능하다. 또한 비록 청새치를 상어들에게 다 빼앗기고 빈 몸으로 돌아왔지만 그저 한숨 푹 자고 나서 소년과 함께 기운차게 다음 고기잡이를 계획하는 노인의 모습에서는 기죽지 않고 차기작을 준비하는 작가의 모습을 그려볼 수도 있겠다.

소년이 곁에 있든 없든 늘 소년과 함께하는 노인의 모습에서도 알 수 있듯이, 《노인과 바다》는 우정에 대한 헌시와 같은 작품이기도 하다. 특이한 점은, 이 우정이 나이와 생물종을 초월한 지극히 보편적인 우정이라는 사실이다. 우선 가장 눈에 띄는 것은 소년 마놀린과 노인의 우정이다. 마놀린은 노인에게 가장 큰 힘이 되는 존재로서, 산티아고의 배에 타지 못하게 된 상황에서도 산티아고를 챙기며, 산티아고가 돌아왔을 때도 가장 먼저 그를 맞이해주고 걱정해준다. 어부가 천직인 노인을 살게 해주는 것은 당연히 고기잡이일 듯하지만, 노인의 말에 따르면 그렇지 않다. 놀랍게도 노인은 이렇게 말한다. "고기잡이는 나를 죽이는 일인 동시에 나를 살게 해주는 일이기도 해. 그 애가 나를 살게 해주지, (……) 나 자신을 너무 많이 속여선 안 돼." 노인에게 소년은 자신이 세상을 살아가는 이유나 마찬가지다.

그렇다고 해서 노인의 친구가 소년뿐인 것은 아니다. 바다에서 노인의 가장 친한 친구는 날치이며, 이틀 밤낮을 싸워

붙잡은 청새치 또한 노인의 친구라고 말해진다. 노인은 반쪽이 된 청새치를 바라보며 "녀석의 주둥이를 잘라서 놈들과 싸울 걸 그랬어, (……) 주둥이를 노 끄트머리에 단단히 묶을 수 있었다면 대단한 무기가 되었을 텐데. 그럼 우린 놈들을 상대로 함께 싸웠을지도 모르는데"라고 말하면서 조금 전까지만 해도 자신이 상대했던 청새치와 한패가 되어 상어를 물리치는 유쾌한 상상을 펼친다. 이뿐만이 아니다. 항구에 거의 다 도착한 노인은 때로는 "바람은 우리의 친구"이고 "저 거대한 바다도", "그리고 침대도" 친구라고 말한다. 그는 "침대는 나의 친구야. 침대만 있으면 돼, (……) 침대에 누우면 아주 좋을 거야. 지고 돌아가 누우면 정말 편안하지, (……) 침대가 얼마나 편안한 것인지 지금껏 전혀 모르고 살았어"라며 물질과의 우정을 예찬한다. 실로 전방위적인 우정이 아닐 수 없다.

청새치와의 싸움이 '살라오'가 된 노인의 존재 증명을 위한 절호의 기회라는 점에서, 《노인과 바다》는 한 사람이 인생에서 맞이한 '결정적 한순간'에 대한 작품으로 읽히기도 한다. 무려 5.5미터에 이르는 거대한 청새치와 홀로 맞대결을 펼치며 노인은 이렇게 말한다. "'그 애한테 내가 별난 노인네라고 말했었지.' (……) '이제 그걸 증명해 보일 때가 온 거야.'" 다른 평범한 어부들과는 다른 '별난' 자신만의 존재감, 그리고 아직 자신에게서 운이 떠나지 않았음을 증명할 결정적 순간이 도래한 것이다.

그런데 노인이 이런 존재 증명의 순간을 맞이한 것은 이번이 처음이 아닌 듯하다. 헤밍웨이는 이렇게 쓰고 있다. "그가 이미 그걸 수천 번이나 증명해 보였다는 사실은 아무 의미도 없었다. 이제 그는 그걸 다시 증명해 보이려 하고 있었다. 매 순간이 새로웠고, 그걸 증명해 보일 때 과거는 전혀 생각지도 않았다." 이번의 존재 증명에 힘들게 성공하더라도, 그것은 과거에 했던 것들과 마찬가지로 얼마 지나지 않아 무효화되어버릴 것이다. 하지만 그렇다고 해서 존재 증명을 포기해버릴 수도 없다. 그러면 어부로서 정말 끝장이기 때문이다. 그런데 단 한순간의 실수만으로도 청새치는 도망쳐버릴 게 분명하고, 그러니 그 단 한 번의 존재 증명을 위해서도 실은 수많은 결정적 순간들이 필요하다. 약간 과장을 보태면, 노인에게는 모든 순간이 결정적 순간인 것이다. 실제로 노인은 이틀 밤낮 동안 한 손으로 낚싯줄을 꼭 쥔 상태에서 나머지 한 손만으로 다른 모든 일을 처리한다. 그에게 잠시나마 방심할 수 있는 순간이란 존재하지 않는다.

이 밖에도《노인과 바다》는 노인이 '홈'에서 출발해 탐색전을 벌이는 '1루'와 청새치와 사투를 벌이는 '2루'와 상어와 사투를 벌이는 '3루'를 지나 어쨌거나 무사히 '홈'으로 돌아오는 야구 이야기, 단순히 돈이 되는 '큰 고기'의 형태가 아니라 "여러 모습으로 찾아오는" '운'의 실체에 대해 끊임없이 물음을 던지는 이야기, 산티아고의 신음이 십자가에 못 박히는 예수의 그것에 비유되며 그가 돛대를 어깨에 메고 언덕을 오르는 모습이 십자가를 이고 골고다 언덕을 오르는 예수를 상기시킨다는 점에서 종교적 알레고리로서의 이야기로도 읽을 수 있다. 사실 어떤 것을 구심점으로 삼아 읽어나가든 《노인과 바다》의 구조적 정합성은 쉽게 깨어지지 않는데, 이러한 사실이야말로 이 작품이 얼마나 치밀하게 쓰였는지를 말해준다고 할 수 있겠다.

짧고 단순한 이야기가 이토록 다양하게 읽힌다는 것도 놀랍지만, 더욱더 놀라운 것은 이런 해석들을 모두 염두에 두고 다시 작품을 읽더라도 《노인과 바다》는 어디까지나 노인이 먼바다로 나가서 이런저런 사투를 벌이고 돌아오는 그야말로 사실적인 어부와 바다의 이야기로 남는다는 점이다. 책을 덮을 때쯤이면 그동안 전개되었던 수많은 상징들은 어느새 노인의 잠과 같은 고요한 수면 아래로 깊이 가라앉아 있고, 책은 아무런 상징도 주장하지 않은 채 그저 '진짜' 노인과 '진짜' 바다만을 보여주느라 사력을 다하고 쓰러진 듯 느껴진다.

앞서 말했다시피 《노인과 바다》의 한국어 번역본은 이미 차고 넘친다. 이런 상황에서 또 다른 《노인과 바다》를 내놓는

다는 것은 거의 모든 의미에서 도전에 가까웠다. 새로운 번역본이 최소한의 정당성을 확보하려면 단순히 기존 번역본들의 오역을 답습하지 않는 것만으로는 부족했는데, 역자는 어찌 보면 가장 당연하면서도 본질적인 부분인 헤밍웨이의 '문장'에 주목하며 그 도전에 임하기로 했다.

도전은 크게 두 가지 측면에서 이루어졌다. 첫째, 원문에서의 마침표를 존중했다. 달리 말하면, 서술문을 임의로 끊어서 번역하지 않았다. 단순히 잘 읽히게 만들려는 목적으로 일부러 긴 문장을 토막 내 원문의 호흡을 끊지 않았다는 말이다.

사실 영어와 한국어는 그 문법적 구조가 판이하게 다르기 때문에 전자를 후자로 옮기면서 문장을 끊는 일은 불가피하다. 원문의 느낌을 살리겠다며 끊지 않고 옮기다보면 오히려 가독성이 떨어지는 것은 물론, 원의가 불명료해지는 경우도 종종 생기기 때문이다.

하지만 길고 온전한 물고기와 여러 토막으로 자른 물고기는 분명 같으면서도 어딘가 다를 수밖에 없는 것이 사실이다. 기존의 《노인과 바다》들은 대부분 토막 낸 물고기였다. 가독성을 위해 쉼표 대부분을 마침표로 대체한 탓이다. 그러나 원래 《노인과 바다》의 서술문은, 극도로 짧은 대화문과는 달리, 쉼표로 줄줄이 이어진 복문인 경우가 많다. 서술문이 바다처럼 넓게 펼쳐져 있다면, 대화문은 수면 위로 간간이 튀어 올라 반짝이는 고기들처럼 짧고 강렬하달까. 그리고 바로 이 차이에서 오는 나름의 긴장감과 리듬이 존재하는데, 그동안의 한국어 번역본에서는 그것을 느껴보기 힘들었다. 《노인과 바다》의 한국어 번역본이 차고 넘치는 상황에서, 이런 번역본 하나쯤은 있어도 괜찮겠다고, 이런 다소 무모한 시도도 어느 정도 의미가 있겠다고 생각했다. 혹은 이런 식이 아니라면 새 번역은 별 의미가 없겠다고도 생각했다.

둘째, 서술문이 아닌 대화문의 경우 극히 짧은 문장으로 옮기려 애썼다. 헤밍웨이의 작품이 대개 그렇듯, 《노인과 바다》의 대화문은 극히 짧은 문장으로 이루어져 있다. 이미 말했다시피 원서에서는 대화문과 서술문의 길이 차이에서 오는 어떤 긴장감이 존재하는데, 이런 긴장감을 살리려면 서술문이 대화문처럼 짧아져서는 안 되는 동시에 대화문 또한 쓸데없이 길어져서는 안 된다.

한 예로, 바다에서 사투를 벌이고 돌아온 자신에게 "대체 얼마나 고생하신 거예요(How much did you suffer)?"라고 묻는 소년의 질문에 노인은 구구절절이 설명하는 대신 딱 한마디로 대꾸한다. "Plenty." 이를 "많이 고생했지" 등으로 의역할 수도 있겠으나, '고생'이라는 말을 자기 입에 담는 노인의 모습은 아무래도 수다스러워 보일 수도 있다는 생각에 "꽤 많이"로 옮겼다.

또한 《노인과 바다》에서 문장을 불필요하게 늘리는 것은 때로 오역이 되기도 한다. 대표적인 예로, 작품의 말미에서 뼈만 앙상히 남은 청새치를 보며 "저게 뭐죠(What's that)?" 하고 묻는 관광객에게 영어를 못 하는 웨이터가 "'Tiburon,' (……) 'Eshark'"라고 짧게 대답하는 장면을 꼽을 수 있다. 영어의 's' 발음조차 스페인어식으로 'es'라고 발음하는 웨이터가 정황을 설명해주려는 맥락에서 이렇게 말한 것이므로, 이는 "티부론 (짓입니다.) 상어 (말이에요)" 정도의 문장으로 이해할 수 있다. 영어를 못 하기 때문에 문장을 만들지 못하고 정확히 동일한 의미의 두 단어만 나열한 것이다. 그런데 여기서 '티부론'에 서술격 조사 '입니다'를 붙여 "티부론입니다" 등으로 번역하면 곧바로 오역이 되고 만다. 'Tiburon'이라는 대답을 "(저것은) 티부론(입니다)"로 오해하는 것은 어디까지나 관광객이기 때문이다. 그것은 웨이터의 입에서는 절대 나올 수 없는 말이다. 따라서 저 문장은 "'티부론.' (……) '상어요'" 정도로 옮기는 것이 적당하다고 판단했다.

헤밍웨이는 고작 네 단어로 이루어진 대화로 바다를 전혀 모르는 관광객과 바다에서 사는 현지인의 차이를 극명히 대비시키며 우스꽝스러움과 동시에 이루 말할 수 없는 씁쓸함을 자아낸다. 그런 효과를 한국어로도 구현하려면 말을 최대한 줄이는 게 당연했다.

이상의 이유에서 역자는 이와 같은 번역을 시도하게 되었다. 사실 그냥 마침표로 끊거나 말을 좀 보태면 쉽게 넘어갈 수 있는 문장을, 그러지 않겠다는 원칙을 세우고 번역하는 바람에 사서 고생한 적이 한두 번이 아니었다. 역자로서는 한 단어 한 단어 고생해가며 옮긴 문장들이 자연스럽게 읽히기를 바랄 뿐이다. 독자들, 특히 헤밍웨이를 아끼는 독자들의 애정 어린 질책을 바란다. 아울러 역자의 무모하고도 고집스러운 제안에 선뜻 동의해준, 그리고 축자적으로 번역하는 과정에서 어색해져버린 부분을 꼼꼼히 바로잡아준 휴머니스트 편집부에도 이 자리를 빌려 깊은 감사의 말을 전한다.

황유원

휴머니스트 세계문학 016

노인과 바다

1판 1쇄 발행일 2023년 3월 6일
1판 2쇄 발행일 2024년 5월 13일

지은이 어니스트 헤밍웨이
옮긴이 황유원

발행인 김학원
발행처 (주)휴머니스트출판그룹
출판등록 제313-2007-000007호(2007년 1월 5일)
주소 (03991) 서울시 마포구 동교로23길 76(연남동)
전화 02-335-4422 **팩스** 02-334-3427
저자·독자 서비스 humanist@humanistbooks.com
홈페이지 www.humanistbooks.com
유튜브 youtube.com/user/humanistma **포스트** post.naver.com/hmcv
페이스북 facebook.com/hmcv2001 **인스타그램** @boooook.h

편집주간 황서현 **편집** 이은서 이성근 김대일 김선경 **디자인** 김태형
조판 이희수com. **용지** 화인페이퍼 **인쇄** 청아디앤피 **제본** 민성사

ISBN 979-11-6080-973-2 04840
979-11-6080-785-1 (세트)

휴머니스트 세계문학

시즌 1. **여성과 공포**

001 프랑켄슈타인 메리 셸리 | 박아람 옮김

002 회색 여인 엘리자베스 개스켈 | 이리나 옮김

003 석류의 씨 이디스 워튼 | 송은주 옮김

004 사악한 목소리 버넌 리 | 김선형 옮김

005 초대받지 못한 자 도러시 매카들 | 이나경 옮김

시즌 2. **이국의 사랑**

006 베네치아에서의 죽음·토니오 크뢰거 토마스 만 | 김인순 옮김

007 그녀와 그 조르주 상드 | 조재룡 옮김

008 녹색의 장원 윌리엄 허드슨 | 김선형 옮김

009 폴과 비르지니 베르나르댕 드 생피에르 | 김현준 옮김

010 도즈워스 싱클레어 루이스 | 이나경 옮김

시즌 3. **질투와 복수**

011 폭풍의 언덕 에밀리 브론테 | 황유원 옮김

012 동 카즈무후 마샤두 지 아시스 | 임소라 옮김

013 미친 장난감 로베르토 아를트 | 엄지영 옮김

014 너희들 무덤에 침을 뱉으마 보리스 비앙 | 이재형 옮김

015 밸런트레이 귀공자 로버트 루이스 스티븐슨 | 이미애 옮김